我是因为你才爱上了这个世界

刘华剑 /著

中国华侨出版社

图书在版编目（CIP）数据

我是因为你才爱上了这个世界 / 刘华剑著 .—北京 ：中国华侨出版社，2016.3

ISBN 978-7-5113-5997-1

Ⅰ．①我… Ⅱ．①刘… Ⅲ．①故事－作品集－当代 Ⅳ．① I247.8

中国版本图书馆 CIP 数据核字（2016）第 044541 号

我是因为你才爱上了这个世界

著　　者：刘华剑
出 版 人：方　鸣
责任编辑：月　姝
特约编辑：刘青丽
封面设计：所以设计馆
版式设计：@_ 叁囍
经　　销：新华书店
开　　本：880mm×1230mm　1/32　印张：8.5　字数：168 千字
印　　刷：北京盛通印刷股份有限公司
版　　次：2016 年 5 月第 1 版　2016 年 5 月第 1 次印刷
书　　号：ISBN 978-7-5113-5997-1
定　　价：36.00 元

中国华侨出版社 北京市朝阳区静安里 26 号通成达大厦 3 层 邮编：100028
法律顾问：陈鹰律师事务所
发行部：（010）82068999 传真：（010）82069000
网址：www.oveaschin.com
E-mail:oveaschin@sina.com

如发现印装质量问题，影响阅读，请与印刷厂联系调换。
质量投诉电话：010-82069336

目 录

C O N T E N T S

PAGE-002

第一站 无忧

PAGE-042

第二站 欢笑

PAGE-080

第三站 迷茫

PAGE-112

第四站 眼泪

PAGE-164

第五站 挣扎

PAGE-208

第六站 重生

PAGE-256

终点 遇见你真好

[BEGINNING]

[THE FIRST STATION]

CHAPTER 01_ 不靠谱的青梅竹马 CHAPTER 02_ 光芒 CHAPTER 03_ 忠犬西瓜

CHAPTER 04_ 不知 CHAPTER 05_ 小秘密 CHAPTER 06_ 今天我很开心

第一站～～▼无忧

CHAPTER 01_

不靠谱的青梅竹马

花逸个子高挑，性格泼辣，我们从小一起玩到大，她是我最不靠谱的青梅竹马。

还小的时候，花逸就是孩子王，带着我们到处疯。她留着整齐的短发，看起来完全是一个假小子，和我们男孩儿踢足球的时候能把我们累到哭，玩跳跳棋的时候经常走错了就悔棋，站在一旁的小孩子起哄：悔棋的都是王八蛋。

花逸就把一个小个子男孩整个儿提起来，那男孩的身体悬在半空两腿不停地乱踢，花逸就冲着我们嚷：让不让悔?

我们连忙说：您悔，您悔!

长大后花逸稍微收敛了点儿，性格温和，人都好看了很多，只是脾气一上来还是让人战栗。她找到工作后从家里搬了出去，叫上我帮忙搬东西，我拼了九牛二虎之力帮她搬了一下午，但最后一个衣柜实在太重，手一滑摔在了楼道里，柜子里面五颜六色的内衣全都飞了出来，她冲着我嚷嚷：你是不是个男人啊，没见过你这种手无缚鸡之力的男人。

我本来感到很愧疚，但听到她这句话我立即反击：谁说我手无缚鸡之力，你要是个鸡我一秒钟就能掐死你。

然后花逸撸了撸袖子，一个人把那个超重的衣柜搬了进去，那一瞬间我只想逃跑。还没挪脚就听到她在屋子里嚷嚷：给我把内衣全部捡进来。

后来我就在众目睽睽之下，一件一件把那些千奇百怪的内衣揣到怀里跑进了屋子，然后丢到了凉席上。

那一刻，一个个历史名人的名字闪现在我脑海——勾践、韩信、刘邦……想着君子报仇十年不晚。但还没从屈辱中回过神，我就被花逸一脚给踹了出去。

晚上的时候她要请我吃饭，说为我帮她搬家这一义气的举动表达谢意，结尾时还不忘讥讽下我：虽然你也没出什么力。

我揉了揉发青的胸口，说：不去，贫者不食嗟来之食。

她说：我请你吃叫花鸡，你不来算了。

我咽了咽口水，嘴硬着说：别以为一点儿小恩小惠就能收买我。

她说：那算了吧，看来老一家的牛排我只能一个人享受了。

我飞快地穿好鞋子，说：我出门了，十分钟内到，你别在我来前吃独食啊。

吃完饭后我满足地摸着肚子休息，花逸用胳膊肘顶了顶我，说：咱们这么多年的哥儿们了，我有事找你帮忙。

我连忙把钱包拿出来，用力一抖，几个钢镚儿在桌子上弹来弹去，我说：这是我所有的家产了，你全部拿去吧。

花逸尖着嗓子说：你真是不以丢人为耻反以丢人为荣啊。

周围的人纷纷侧目，我红着脸把钱全部收好，问：我能帮你什么？先说好，杀人放火的事儿我不干啊。

花逸说：你帮我查查严曲最近在干什么，我感觉他最近有点儿太反常了。

我的头一下子就大了，拔腿要跑时她手一伸扯住了我的皮带，接着抄起旁边切牛排的刀抵住我的脖子，恶狠狠地说：你到底查不查？

我觉着委屈：你自己怎么不查呢？

她说：我要是查得到还来问你？我不管，要么你帮我查清楚，要么我让你身首异处，你自己考虑吧。

于是在死亡的恐惧下，我又成了业余的私家侦探，跟踪花逸的男朋友——严曲。

严曲应该是这世上最讨厌我的男人之一，长得高高瘦瘦的，是一个小白领，当他追花逸的时候大家都很佩服他的勇气，觉得他初生牛犊不怕虎，也一致认为他会出师未捷身先死。开始的时候花逸对他不理不睬，觉得严曲不是她喜欢的款，花逸喜欢能在体力上征服她的男人。花逸经常去健身房寻觅壮汉，无奈悲哀地发现那些壮汉估计也打不过她，就有点儿心灰意懒。

严曲虽然在体力上征服不了花逸，但可以在智商上秒杀她，各种浪漫的小手段齐出，很快就击溃了花逸的心理防线，两个人就好在了一起。

对此我是感到很高兴的，因为我觉得花逸有了男朋友后就会分散她对我的注意力，就没那么多时间来“欺负”我了，所以他们确定关系的那一天我请他们吃饭了。

那天严曲很客套地问我：你在哪儿高就呢？

我说：我这段时间闲在家没找工作，高不成低不就。

严曲又问：听说你跟花逸是一起长大的？

花逸在旁边插了一句：嗯，我们一起睡了三年。

那一瞬间我和严曲的脸都白了，严曲的嘴角有点儿抽搐，我瞪了瞪花逸，心想五岁之前的事情你说得这么暧昧干吗。

我连忙打圆场，说：她乱扯的，她就是这么大大咧咧，有时候挺不着调的。

严曲说：我就是喜欢她的直率。

花逸又指着我对严曲说：他还偷看过我洗澡。

当时我感觉气血翻滚，一股腥味涌到喉头差点儿吐血，严曲看我的眼神充满了敌意，仿佛动物世界里为了抢夺雌性的雄性动物那样，如果他有獠牙，估计就龇出来了。我对花逸说：夏天的时候大家一起在池塘里游泳，你不敢下水拿着个小盆冲凉，怎么就变成我偷看你洗澡了？

花逸哧哧一笑，说：谁要你那么小气的，请我们吃饭连瓶酒都不上。

我说：女孩子家喝什么酒，我告诉你，我最怕你撒酒疯了，发起狠来连自己都打。

花逸突然来了句：我还看过他的小鸡鸡。

当时空气都沉默了，我感觉我的耳朵里都是那三个字的回音，严曲拍了下桌子站起来，我连忙让他坐下，一招手：服务员，来瓶干红。

花逸满意地住了嘴，我跟严曲解释说是花逸看过我小时候的照片，让他别多想。

我们三个人在不愉快的气氛中吃完了饭，花逸又喝大了，严曲去叫车的空当，花逸搭着我的脖子摇摇晃晃地往前走，她问我：你觉得那小子怎么样？

我说：还可以，挺斯文的，估计打不过我。

花逸说：你怎么在乎这个？

我说：你找个我打不过的，你受欺负了我怎么帮你出气啊！

花逸冲着我傻笑，酒气和香水味让我很想打喷嚏。

第一印象没留好，之后严曲就越发看我不顺眼，有时候见到就点点头，连招呼都不打。有一次聚会，在 KTV 玩真心话大冒险，抽到严曲了，有个哥们儿问他：你最讨厌的人是谁？

严曲就抬头看了我一眼，然后说：不好说。

我拿起酒杯喝了一大杯苦酒，花逸沉着脸看着严曲，抽到我的时候严曲突然问我：你是不是喜欢花逸？

当时包间里一片寂静，气氛特别尴尬，我又喝了一口苦酒说：不好说。

严曲一下子就火了，揪着我的衣领问：兔子还不吃窝边草呢，你什么意思啊？

话音刚落，他就被花逸一脚踹倒在地板上，好像受了重伤，花逸冲着他说：你发什么神经？

严曲愣了几秒爬起来，指了指我俩，说：你们行啊，你们行！

然后头也不回地走出了房间，把门摔得巨响，花逸却像没事人一样，招呼大家接着玩。

冷战了一个月之后，他们还是和好了，不过严曲再也不愿意看到我，只要我出现他立马就闪，现在花逸要我去查他，我不是自讨苦吃吗？

我找到了我一个大学同学，他当年是学校里的传奇人物，精通计算机编程，是个业余黑客。请他吃了涮羊肉之后，他花了一个上午盗取了严曲的QQ密码和聊天记录，当然也没忘了手机短信和通话记录，整理好全部发给了我。

看完我就知道严曲是个衣冠禽兽了，背着花逸勾搭了一个大学生，整天发一些很黄、很暴力的信息，让我眼界大开。

第二天我把花逸叫出来，把她带到了一个酒店楼下，我说：严曲应该正和一个女的在上面，你说吧，怎么办，赴汤蹈火，在所不辞。

花逸说：你不会搞错了吧？

我说：错不了，但是先说好，不能弄出人命啊。

花逸却把我拉到一旁，咧咧嘴说：你可能是搞错了，他跟我说他在上海出差呢。

附近的一座危楼正在拆迁，在一片坍塌声中我发现了花逸的脆弱，她心里应该很清楚，但是嘴上不承认。

我说：那我们回去吧，不过你不能和那小子在一起了，他会伤害你。

花逸突然变得呆呆的，我顺着她的目光一看，严曲正搂着一个姑娘说说笑笑地出来了，那姑娘还在严曲脸上亲了一口。

花逸走了过去，直直地看着严曲，严曲有点儿慌乱，随即镇定了下来，他说：你来这里干吗？

我连忙冲过去把花逸护在身后，花逸好像还没回过神来，严曲反咬一口：好啊，你们背着我来开房了，我早知道你们本来就是不干净的关系。

我说：你说什么呢？

花逸却打断我，问：你为什么骗我？

严曲哈哈大笑，说：我为什么不能骗你，你这个男人婆，个性又强势，脾气烂到家，谁娶了你真是一辈子的不幸，我早就想和你分手了，是你死皮赖脸地求我我才没说的。

我一拳就打在他鼻子上，大吼了一声：你大爷的。

随后我们就扭打在一起，我在他脸上打了几拳，打得他流鼻血了。那小子被打急了下了黑手，摸起旁边的板儿砖就往我头上砸，我只听到嗡的一声，浑身就没有力气了，被严曲按在地上打了两拳。

这时候我听到了一声尖叫，好像是那个女大学生发出来的，我扭头一看，严曲躺在地上口吐白沫，花逸又是一脚，严曲顺着地板滑了两米远，就像电影里加了特效的场景一样。

然后花逸把我拉起来，背着我往医院走，她的嘴里骂骂咧咧：不会打架就别出头，我刚买的衣服被你弄得全是血，真是的，我从没见过你这样一个手无缚鸡之力的男人。

我闻到了她头发上的香味，我说：是他使阴招的，不然我早解决他了。

花逸边走边说：还说什么保护我，就你这样的能保护谁啊，难怪没有女生看得上你。

我感受到了她背上的温度，温暖着我的胸口，路边的行人纷纷用奇怪的眼神看着我们，我说：花逸，你别听那孙子的，你挺好的，是他配不上你。

花逸停了停，我有点儿晕就把头靠在她肩膀上，她有点儿急地呼喊我的名字：喂，你别晕过去啊，我请你吃叫花鸡。

车水马龙中，大家都注视着我们这对儿最不靠谱的青梅竹马。

CHAPTER
02_

光芒

读高中的时候我们班里有一个学霸，简直是现实版的“谢耳朵”。不仅长得高大帅气，智商还高得离谱，只是情商方面实在和幼儿园小朋友没什么区别。

有一次数学老师讲课写了个难题，估计是自己也忘了解题步骤就点了学生起来回答问题。开始点了一个学渣，学渣嘟囔着不会，老师还说你到底有没有认真听课啊，稳妥起见点了学霸起来答。谁知道他牛 × 烘烘地站起来说：这题太简单了，老师你都不会做？

老师的脸一下子就绿了，说：我当然会做，我只是检查一下你们有没有认真听讲。

他不动声色地说：哦，是吗？那你在黑板上做一遍，看是不是和我的答案一样？

说完还扬了扬手上的草稿本，当时老师就愣在原地说不出话了。

“谢耳朵”一战成名之后，老师们再也不敢点他回答问题了，后来一次数学公开课，数学老师噼里啪啦讲了很多，因为我们事先演练过，所以配合得很默契，领导们在下面也听得挺满意。数学老师兴致一高，为了证明自己教学有方玩起了你写我答，就是点一个同学写问题另一个同学写答案，这个是事先我们不知情的，所以点名的时候大家都没有举手，只有“谢耳朵”高高地举起了手，场面颇为尴尬，于是数学老师只能硬着头皮点他上来写题。

于是他气势如虹地走上讲台，写了一道我连符号都认不全的题目，当时教室寂静得像开班会一样。

数学老师说：这位同学，你要出高中课本的题目……

他说：这道题是和高中挂钩的，用立体几何的知识很好解。

数学老师：呃，好吧，有哪位同学想上来试试？

下面的学生都把手缩在桌子下，就像集体肚子痛一样。

他说：老师，你来解一下吧！

数学老师脑袋上布满冷汗，说：呃，这个题嘛，首先我们看题目，它那个……嗯……

这一刻我听到人生中最牛的台词之一，只见“谢耳朵”扶了扶额头说：老天，为什么人一无知就结巴呢？

说完拿起粉笔就写了半黑板解题步骤，所有人的表情都像被雷劈了，包括后面的领导。

后来到了大学，有姑娘暗恋他，给他发短信，说：我喧（网络用语：喜欢）你，我的脑海和我的心里都是你。

结果他回的是：别再给我发骚扰信息了，看看你的错别字真够可耻的。

有姑娘请他吃饭，说：原来你是学计算机的啊，我的电脑老是出问题，你能不能来我家帮我修一下？

他愤怒地摔了筷子：小姐，你说的是电脑维修，是随便找个民工都能做的事儿，别侮辱我的专业。

他就是这样一个人，什么都搭不到正常人的点，社交圈子也很小，我以为迈入社会了他会混得很差，但是现实情况是他拿着高薪，自己买了房子和车子，还有漂亮的外国姑娘向他求婚。

这是个血淋淋的事实，它侮辱着我们：当智商高到一定程度的时候，有没有情商根本不重要。当你抒发着情商和智商同等重要的时候，只是说你还太笨而已！

和优秀的人相处，给我最大的感受就是自己也会慢慢变优秀。大三那年从生物系转来我们班一个男生，穿着白衬衣、浅蓝牛仔裤，一笑两个酒窝，酷似张智霖。后来分到我们隔壁寝室，他去之前隔壁寝室就是个生化炸弹研究室，各种泛黄的内裤和滴着黑水的袜子，每个人去他们寝室的第一句话都毫无新意：真他妈臭！

他去之后晚上花了三个小时把寝室收拾得焕然一新，地板可以反光，桌椅整整齐齐，他们寝室的人在外面 high 完进门后连忙说：不好意思，走错门了。出门后看看门牌又揉揉眼睛。

他每隔两天就拿拖把把寝室拖得干干净净，也没什么怨言，弄得他们寝室的人都不好意思，但是他并非是基佬式的洁癖，他只是需要一个干净的环境而已。

他每天早上七点钟左右起床，然后去操场跑步，跑个三五圈后回寝室换衣服，再吃早饭，一整天都精精神神的，我从未看到他脸上表现出疲态。

他跟每个人说话都很和气，脸上带着微笑，有人找他帮忙他都会热心地帮别人解决问题，刚来我们班半个月选班长的时候这家伙就以近全票的人气获得胜利。

野炊的时候，他买物资、订车、借相机、拿烧烤架，整个流程井井有条，邻班表示羡慕不已，上次邻班搞活动带吃的没带够差点儿要吃人了。他甚至还弄了几块毛毯，给女孩子铺着玩扑克，当时就有三个姑娘表示以后要和他在一起，他只是站在一边腼腆地笑笑。

篮球赛的时候他身先士卒，既打比赛又当教练布置战术，拿了全校第二名，第一名是体育系，毕竟我们体能跟不上，打完的那一天他请所有队员吃了顿饭，说感谢大家的拼搏，无论成功失败都值得骄傲，大家都很感动。

他很慷慨，只要同学在超市碰到他，他都会请人喝点饮料、吃点东西，弄得我们都挺不好意思的，一看到他都按住他的手说：班长、班长我请你喝可乐，给次机会。

他不喜欢玩游戏，喜欢去图书馆看书，一待就是一上午，谈吐很风趣，和他交流如沐春风，我们班主任有事没事就爱叫他去办公室聊天。

我和很多朋友聊天都说起过他，朋友们都问：这人是穷家小户杀出来的吗？

并不是，他爸爸有自己的公司，他妈妈是武汉某医院的主任，家里资产保守估计八位数，他完全可以像富二代一样开豪车、泡美女，但是他没有，他用虔诚的态度对待生活，对人生的每一刻都如最后一刻一样珍惜。

而更让人诧异的是，他们那个寝室的六个人，一毕业，在大家还在摸爬滚打的时候就全部成了白领，在各自的公司混得如鱼得水。

优秀的人就像一团光芒，和他们待久了，就再也不想走回黑暗了！

CHAPTER 03_

忠犬西瓜

你有没有勃然大怒的时候？

心里的怒火直冲大脑，呼吸越来越困难，身体因为愤怒微微颤抖，面目扭曲，只想把那股怒气发泄出来。

肖海拍拍我的肩膀问：怎么了？

我深吸一口气，说：我有点儿不舒服，先回去了。

对面的客户说：小兄弟，吃完饭再走嘛，这个狗肉火锅是这里的招牌菜，远近闻名的，好多人都专门开车过来吃。

我强笑着说：我不吃狗肉，要不换个地方吧，我请大家吃。

客户的脸一下子阴了，说：小兄弟有点儿不给面子啊。

火锅还在咕噜咕噜地冒着泡，一大块深灰色的肉浮起来，隐隐约约地能看到白色的骨头，我再也受不了了，冲上去就把桌子掀了，伴随着几声大叫，包间里顿时一片狼藉，那客户的耳朵边还挂着一片木耳。

肖海把我扯住说：你疯了吧？

那客户也火了，冲着我骂：你什么意思？装什么装，老子请你吃饭是给你面子，为什么不吃狗肉？

我挣开肖海的胳膊，冲过去对着那傻 × 就是一拳，他“哎哟”一声就捂住自己的鼻子。我还要打，肖海冲过来把我按住，客户夺门而跑，我低头一看，地上的狗肉还冒着热气，我冲去卫生间里大吐一场，吐得肠胃痉挛，洗完脸一抬头，看着自己苍白的脸，我想起了西瓜。

西瓜是我童年的伙伴，虽然它只是一条普通的土狗，但是其身体健硕、奔跑速度惊人，每次我放学回来的时候就看到它像箭一样地朝我飞扑过来，旁边的孩子都吓一跳。它喜欢跳起来用前爪敲打我的胳膊，对着我热情地吐舌头。

夏天的时候我们一起在水里玩耍，它一上岸就把身上的毛抖得像一个多功能喷水器一样，然后就围着我蹦来蹦去。

冬天的时候我们围着火炉烤红薯，它懒洋洋地趴在我的脚边，烤好后我把烫手的红薯掰成两半，一小半丢在地上，西瓜就吃了一口大叫一声，我吓了一跳，才知道它的舌头被烫了，我心里有歉意，可是西瓜还是扑过来用舌头舔我的手。

学自行车的时候一不留神就摔得鼻青脸肿，西瓜就围着我转圈儿，好像在劝我不要再学了，哪有人愿意摔来摔去呢，我却冲它笑笑，继续练了起来。学会了自行车后我经常和西瓜比赛，一起朝某个终点冲刺，但是我从来没有赢过，都是它在终点摇着尾巴等我。

有一次周末我去姑妈家玩，那时候姑父有一块超好看的手表，我特别喜欢，拿着玩了一天，后来要回家了，因为很匆忙，姑妈给我收拾东西时把手表也收在了我背包里。我蹦蹦跳跳地回了家，途中还去河边捉了两只大青蛙。晚上的时候奶奶给我整理东西，发现里面居然有一块表，就告诉了我那暴脾气的爷爷，那时候已经快十一点了，爷爷把我从睡梦中揪了起来。

然后问我：这是谁的手表？

我呆萌地说：姑父的。

爷爷问：姑父送给你的？

我说：不是啊。

爷爷面色阴沉地问：是不是你偷偷拿的？

我连忙说：没有！我不知道它怎么在我包里的。

爷爷勃然大怒，一巴掌把我抽得旋转一百八十度仰面倒在地上，大吼：你还敢偷东西！

我爬起来大声说：我没偷！

爷爷又是一巴掌，我嘴巴都出血了，这时候我做了一件古往今来 99% 十岁小孩子都做不出的事，我一脚踢在爷爷腿上，然后骂：你个老头子，老糊涂了吧？

结果当然是一顿疾风骤雨的暴打，要不是小叔赶过来拉住爷爷，我可能未来得及创业而中道崩殂了，这件事给我的童年留下了非常深的阴影，虽然后来真相大白了，姑妈说是她收拾东西太急了不小心把手表收到我包里了，姑父也说要把手表送给我，可是我再也不走亲戚了，一个人待在屋子里就能玩一下午，看到爷爷就一副“你给我等着，你也有老的那一天”的表情，有点儿沉默寡言。

那段时间陪伴我的只有西瓜，我坐在院子里堆石头，它就围着我转圈儿，一不小心把我堆好的城堡弄塌了，我跳起来踢了它一脚，它叫了一声，蹲起来睁着可怜兮兮的眼睛看着我。

我说：你滚，我好不容易堆起来的东西就这样被你毁了。

西瓜过来舔我的手，我又给了它脑袋一下，它退后几步又试探性地靠近我。

它是一个最无私的朋友，不管我怎么对它，它都不离不弃地陪伴我。

那时候小孩子里流行打玻璃珠的游戏，因为我手巧、距离感好，每次打完我都能满载而归。有一天几个大孩子围住了我，说：借几颗玻璃珠玩玩。

我不喜欢那群小痞子，就没理他们继续往家里走。

他们一拥而上把我的玻璃珠全抢走了，还把我的衣服给扯烂了，我回到家后号啕大哭，西瓜围着我转圈儿，然后用爪子搭在我的膝盖上想逗我开心。

我一把甩开它，说：走开。

西瓜吓了一跳，然后又谨慎地凑过来，用脑袋抵我的手，我打了它脑袋一下，然后跑到房里，就听到西瓜在外面着急地大叫。

第二天我鼓足勇气找到了那几个大孩子，我说：把我的东西还给我。

大孩子坏笑着说：什么东西，我们不知道啊。

我说：你们这群流氓，臭狗屎。

大孩子恼羞成怒，围过来把我揍了一顿，其中一个是村长的儿子，他的屁股坐在我的头上，周围都是哄笑，他问我：好不好玩哪，好不好玩哪？

这时候我听到一声吼叫，西瓜就像一头猛虎一样把村长的儿子扑倒在地，喘着粗气对着他咆哮，那群孩子全部被吓跑了，村长的儿子浑身发抖，浑黄色的液体从短裤中滴了出来。

大人们很快就赶到了，拿着锄头就打在西瓜的腰上，西瓜惨叫一声，抬头看了我一眼。

大人又打了一下，西瓜侧着身子闪开，我说：跑啊，西瓜快跑啊。

西瓜就迅速跑远，大人们拿着武器追赶，可终究没追上。

那天晚上我刚睡着，就听到窗外的呜咽声，我穿上衣服走出去，看到西瓜奄奄一息地趴在门口，看样子好像受了伤，我难过地摸着它的头，它抬起头热情地冲着我哈舌头，眼睛却流出了眼泪。

是的，我第一次看见狗的眼泪，从混浊的眼睛里流出来，却清澈得像雨水。

第二天，村长带着人把西瓜抓走了，没有理会我的大哭大闹，然后中午的时候，村长他们围在一起吃饭，大锅里煮着热腾腾的东西，我看到了西瓜的皮挂在墙上，他们正在干杯吃肉，我仿佛看到了世间最恐怖的东西，大哭着跑回家。

人性之恶，深刻地烙印在我的童年里。

我无数次地做噩梦，梦见西瓜在锅里痛苦地翻滚、惨烈地嚎叫，然后浑身颤抖，痛哭着醒来。

我再也没有养过狗，也不能忍受人家吃狗肉，看到狗肉火锅就肠胃翻滚，会忍不住想吐。

出发前肖海对我说：这次是个大单，签好了咱们一年都不用干活了，你可得把你的本事都拿出来，把客户陪好。

我说：当然，你还不了解我吗？只要是个活的就能想法子搞定他。

其实那客户也没摆什么架子，请他吃了几顿饭、送了点儿礼就把他攻陷了，晚上的时候客户说把合同带好了吃完饭就签，大家就吃喝起来。

大家都有点儿醉意，客户说：对了，这里还有个招牌菜，哎哟，那个香啊，你们一定要尝尝，马上就上了。

服务员端来一个火锅，香气四溢，我忍不住吞了口口水，客户说：是不是很香？来来来，都尝尝。

说完夹了一大筷子到我碗里，我尝了一口觉得味道怪怪的，就随口问了句：这是什么火锅啊？

客户油光满面地说：这是秘制狗肉火锅，都是现杀现做的，新鲜着呢，来来来，多吃几块。

那一刻，我勃然大怒。

CHAPTER 04_

不知

我的街机游戏打得非常好，《拳皇》连招行云流水，吊打了一个镇的青少年，我兴冲冲地对我爸说我以后要成为一个职业玩家。

我爸可能被我的霸王之气镇住，回过神后给了我一巴掌，没收了我的零花钱，把我锁在房间里做数学题。

那时候我所有的心思都在玩游戏上了，天天抄数学学习委员的作业，我还记得那个姑娘总是梳着马尾辫，每次中午吃完饭都从桌子里拿出一个苹果吃，所以大家都叫她苹果妹。苹果妹总是穿着白裙子，在小学生里面显得出淤泥而不染。苹果妹也是住在我们那条街上的，我们经常一起回家。

有一天下午我对苹果妹说：你借给我一块钱吧，我想放学后玩一下游戏机。

苹果妹说：你爸说了，你再玩游戏机的话他就打死你。

我说：你放心，我就玩一会儿，他不会知道的。

那天下午我在游戏厅大显神威，连续打败了十几个青少年，苹果妹一直拉着我的衣角要我回家，我看看时间发现确实不早了，就站了起来，说：哼，一个能打的都没有。

这时候一个戴眼镜的瘦弱男生投币和我对打，我心想打最后一把吧，就想着在两分钟之内结束战斗，却在人生中第一次知道了山外有山，被打得连还手的机会都没有。我心里不服，又和他打了几把，每次都是被虐杀。

我还想接着玩，但是没钱了，眼镜男站起来瞅了我一眼，冷笑一声说：你这么“菜”，打什么游戏，回家养猪去吧。

当时差点儿没把我气出内伤，我跟他约好第二天再打，那天晚上我翻来覆去睡不着，想着第二天怎么打败他，我找我妈要了几块钱，第二天一放学就跑去游戏厅，结果还是被暴打，连一局都没有赢过。

连续一个月，我一次都没有赢过他，我慢慢地佩服起他，问他：

大哥，你是不是职业玩家？

他有点儿脸红，说：怎么可能，在我们那个地方，比我厉害的至少有二十个。

那天晚上，我垂头丧气地走回家，苹果妹问我怎么不玩游戏机了，我说：我没有打游戏的天赋，还是做别的吧。

后来我迷上了打台球，人生第一次一杆收的时候我觉得自己厉害得不行，苹果妹那时候个子已经长高了，比我要高半个头，还是天天和我一起回家，星期五的时候我们就会一起去台球厅，我还嘲笑苹果妹很笨，怎么教都教不会。

因为觉得自己技术越来越好，开始和别人赌球，赢一个球五块钱，有时候一晚上能赚几十块钱，周六就能买很多零食吃。

我对我爸说：给我找教练，我是下一个丁俊晖。

我爸半晌没说出话来，我还在喋喋不休地述说自己多厉害的时候突然感觉一下子失去了平衡，被我爸一飞脚踹得贴在墙上。

有天晚上和一个光头赌球，那光头技术很“菜”，一个小时就赢了他五十块，他嚷嚷着没意思，说玩太小了没心思打。我心想你是要给我送钱啊，说：那咱们一个球二十块呗。

光头擦擦球杆说：二十块就二十块呗，勉强陪你玩玩。

一开球我就傻眼了，那光头就像变了一个人似的，两杆就把球收完了。打了三局我输了两百块，光头摊出手找我要钱，我愣住了，我说：我没那么多钱。

光头把球杆往桌子上一砸，说：你说啥？

一大群人把我围住，光头给了我一脚，看得出来这是故意给我设的套儿，这时候苹果妹冲进来挡在我前面，颤抖地说：别打了，我有钱。

然后把她的小包打开，把攒了很久的钱都给光头了。

那天晚上我闷闷不乐地回家，苹果妹默默地跟在我后面，快到家的时候苹果妹吞吞吐吐地说：以后你别和人家赌钱了。

我说：我不打台球了，我没那个天赋。

到现在我开始玩知乎，写的答案动不动赞数过万，粉丝也涨得飞快，我觉得自己的自信又回来了，原来我的天赋在这里。

我对我爸说：我不想上班了，我要当下一个诺贝尔文学奖获得者。

我爸看着电视，反应过来的时候过来给了我一下，结果自己差点儿摔在地板上，他老了，打不动了。

苹果妹已经在一个银行当上经理，不再梳马尾，而是剪了个干练的头发。

每次我跟她说我写的东西多有趣，粉丝多么认可我时，她都是笑眯眯地看着我，就像小时候那样。

一个男人找我要联系方式，说他是某个出版社的头儿，对我写的东西很感兴趣，要给我出书。

我兴奋得一夜没睡着，把自己写的东西都整理好，一股脑儿给他全发了过去。

那男人说他要和公司的同事开个会商量一下，要我等他的消息。

那几天我时时守着我的手机，生怕错过了一条消息，结果那男人没有给我回复，倒是苹果妹不停地给我打电话，问我她有机会调去上海，她该不该过去？

我特别不耐烦，说：你自己考虑呗，别占我线，别人都打不进来了。

几天后那男人给我回复了，他们公司的领导觉得我写的东西太小众，根本没有人愿意买，我当时恼羞成怒了，说：你真的是编辑？你不会是个骗子吧？

那男人也火了，骂道：就你这弱智也想出书，回家养猪吧。

挂完电话后，我无力地躺在沙发上，突然想起苹果妹，给她打电话却打不通，我跑到她家楼下，大声喊她的名字，她妈下来了，说她已经调到上海去了，上午走的。

晚上回家，我落寞地走在街上，觉得身后空落落的，觉得自己很悲哀，明明是个普通人，却还做着英雄梦。

这时候手机响了，我看到了一条短信，是一个上海号码，看完后我觉得眼睛酸酸的，上面写着：你说你是知乎大牛，你说你在知乎很厉害，可是你又真正知道什么？

CHAPTER 05_

小秘密

我六七岁的时候，爸妈把我从村里接到城里过暑假，那个时候我就知道城里人很会玩儿了。我爸妈白天都要忙着做事赚钱，就把我交给一个邻家姐姐带着，那姐姐个子高高的，留着长发、穿着白裙，我那时候还没有性别概念，但还是觉得她特漂亮。

那时候楼下有个小卖部，漂亮姐姐经常下楼买几根冰棍儿提上来和我一起吃，冰棍儿天气太热的时候化得特别快，然后她连忙拿出来塞到我嘴巴里，冲着我笑。

她总是说我长得很乖，喜欢拍我的脑袋。有一次我在楼道里不小心摔跤了，衣服上都是脏泥，哭着敲她的门，她就连忙把我拉进屋，说：别哭啦，我帮你洗干净。

我说：我妈会骂我的。

她摸摸我的脑袋，然后给我洗衣服。

那天下午有很多男孩子来找她玩，敲着门问：有人在家吗？

她就搂着我，叫我说没人，于是我大着嗓子喊：没人。

男孩子就说：小朋友，你把门打开，我给你糖吃。

我扯着嗓子大喊：我才不吃坏人的东西呢。

漂亮姐姐就捂着嘴巴笑，往我手里塞吃的东西以示奖励。

有个男生是厂里大领导的儿子，隔三岔五地就给她送礼物，可是那个姐姐对他没有丝毫兴趣，无奈迫于父母压力，只能表面上迁就一下他。他们每次出去玩或者吃饭的时候总是带着我，两个人根本没有什么话聊，漂亮姐姐大部分时间都是逗我玩，吃完饭了那男生说：要不再待一会儿吧？

漂亮姐姐就牵着我的手说：不行，他要回去睡觉了。

然后那男生就一副无可奈何的眼神盯着她，接着用一种厌烦的眼神盯着我。

此后那男的给我买了不少吃的、玩的想支走我，目的就是想和漂亮姐姐单独相处，不过我不喜欢那男生，一方面是因为他长得丑，一笑一副贱样；另一方面就是漂亮姐姐很认真地对我说过：那个大哥哥是坏人，千万不要吃他的东西，如果吃了肚子里面会长虫子的，你想吃什么姐姐买给你。

在我们住的楼房附近有家游戏厅，卖游戏币的是个穿白衬衣的大男孩，留着半长的头发，老妈给我零花钱后我经常溜过去玩游戏机，一玩就是一个下午，往往都是大姐姐把我拉回家。她轻轻地揪着我的耳朵，说：你还玩，回去吃饭了。

我恋恋不舍地摇着摇杆说：打完这关就走。

白衬衣男孩走过来说：这是你弟弟吗？他真聪明，玩游戏真厉害。

大姐姐白了他一眼，说：你们这些人就知道赚小孩子的钱，真昧良心。

白衬衣男孩尴尬地笑了笑，说：我只是个打工的，赚点儿生活费。

大姐姐指着旁边的娃娃机，说：你这儿的娃娃抓得出来吗？我看也是骗人的。

白衬衣男孩就投了一个硬币，几分钟后抓出一个熊娃娃送给大姐姐，笑着说：这不是骗人的，只不过有点儿难。

大姐姐脸红了，拉着我快步走回家。

后来我去打游戏机，那白衬衣男孩就不收我的钱了，反而每次都给我一大把游戏币，大姐姐也老是提前来找我，也不喊我回家，坐在那男孩旁边一起看小人画。有一次我游戏币玩完了过去找白衬衣男孩，发现他们在亲嘴，大姐姐连忙把他推开，脸红得像个苹果，白衬衣男孩又拿了一些游戏币给我，说：快去玩吧。

我心想大人们真没劲，亲嘴哪有游戏好玩啊。

回去的时候大姐姐又买了好多好吃的给我，要我千万不要把这件事告诉妈妈。

可是有一天，大姐姐的爸爸叫了一群人，在游戏厅把白衬衣男孩打了一顿，那男孩满头是血，大姐姐的爸爸说：离我女儿远一点，不然就打断你的腿。

白衬衣男孩挣扎着爬起来说：我爱她。

大姐姐的爸爸直截了当地回答：癞蛤蟆想吃天鹅肉。

那天之后那个男孩彻底消失了，听说是去了大城市，大姐姐也被关在了家里，不让出门。大姐姐瘦了很多，去看她的时候我问：姐姐你病了吗？

大姐姐勉强笑了下，说：嗯，姐姐病了。

我急忙问：什么病？

大姐姐揉揉眼睛说：相思病。

终于有一天漂亮姐姐崩溃了，在家哭了很久，然后我拉着她的手说：别哭了姐姐。

她的眼睛肿得像个核桃，她摸摸我的脑袋说：姐姐对你好不好？

我说：好！

她说：那你能不能帮姐姐一个忙？

我拍着胸脯说：好。

她说：今天吃饭的时候叫我妈妈，别叫我姐姐，好吗？

当时我有点儿迟疑，因为怕回去了被老妈打，但是看到她哭得那么伤心，还是点了点头。

那天晚上吃饭又看到了那个厂里领导的儿子，他有点不高兴地问：你每次和我出来玩带个小屁孩是什么意思？

漂亮姐姐说：他不是小屁孩，他是我儿子。

那男的听到这句话时整个人一抖，就像被雷劈了一样，站起来拍着桌子说：什么？

声音很大，周围的人都回过头，漂亮姐姐把我抱在怀里，转过头冲他说：你吼什么，别吓着小孩子。

然后用手捏了捏我的胳膊，我说：妈妈，我们回去吧。

她温柔地看着我，说：好，咱们回家！

回去的时候漂亮姐姐一路上没说话，好像在想着什么好玩的事，嘴边浮现着笑意，我说：姐姐，我妈知道了不会打我吧？

她伸出小指头：这是咱们的小秘密，谁都不告诉，咱们拉钩。

我也伸出指头，小手勾大手的那一刹，她笑得美极了。

CHAPTER 06_

今天
我很开心

一生中，我们会遇到很多美丽的景色，虽然很喜欢，无奈绝对带不走。

一生中，我们会遇到很多纯真的人们，虽然很喜欢，可惜往往留不住。

人生，真是太尴尬了。

去普洱的时候是七月份，那时候恰逢高温长假，堂哥给我打电话，问我有没有兴趣去云南玩几天，说那边靠近西双版纳，带我见识下真正的丛林。

我的堂哥一直不怎么靠谱，我估计他口中的原始丛林就是一个杂草丛生的荒地，但是那几天我快闲出病了，就一口答应了。

第二天我就坐上了火车，二十一个小时后转汽车，十三个小时后终于到了普洱市，下车时我两腿一软差点儿昏厥，堂哥接过我的行李，冲着我奸笑着说：远是远了点儿，但是绝对让你累有所值。

晚上堂哥带我去酒吧，途中给我讲起了他的发家史。他是做药材生意的，那地方有一个很具规模的农贸市场，从农民伯伯手里买来三七，然后花两天时间磨成粉，简易包装后以原价三倍的价格卖给内地药厂，非常暴利。堂哥不过待了半年，肚子就大了三圈，整个人变得油光满面，他的朋友也都是胖子，两个人一齐进门都会被卡住，和他们在一起我总感觉自己有点儿格格不入。

喝了几转酒之后，他们上去跳舞，满头是汗地蹦来蹦去，滑稽得像个小丑。我躺在沙发上想睡觉，一个姑娘路过的时候踩了我一脚，我疼得跳了起来，她穿着双锥子似的细高跟。那姑娘红着脸弯腰给我道歉：对不起，对不起。

我觉得她的语调有点儿奇怪，仔细打量了一下这个姑娘，个子不高，长得挺白的，眼睛下面有颗泪痣，我说：你是外国人吗？

她继续弯腰：嘿！

我有点儿惊讶，在这儿居然还能遇到日本妞儿，我说：你来自哪儿，东京吗？

她的眼睛亮了下，说：不是的，我来自横滨。

我说：我去过日本，那儿挺漂亮的。

她坐下来，冲我点点头，说：是吗，你们这儿也挺美的。

她说话时总是含着笑意，让我好感丛生，倒了一杯酒，问她：你喝酒吗？

她接过去冲我点下头说：谢谢。

我们坐在一起聊了会儿天，她身上有种淡淡的香味，之后我知道了她叫吉田丽子，虽然看起来年龄很小，但实际上她比我还大五岁，心里不由感慨日本姑娘真会打扮。她来中国已经三年了，从小就对中国文化感兴趣，汉语说得很不错，就是语调总有点儿怪怪的，就和抗日剧里的那些配音有点像。

我说：你在这儿有工作吗？

她说：我教几个学生画画，周末就在日语学习班教课。

我那个时候已经微醉了，一句话就脱口而出：你有男朋友吗？

她的脸又红了，比较尴尬地说：还没有，以前和一个中国男生交往过，但是只有几个月他就去欧洲了，现在还没遇到喜欢的人。

这时候堂哥他们回来了，堂哥拍拍我的肩膀说：行啊，这就撒开网啦？

我说：没有，这位是国际友人，吉田丽子。

几个胖子就叫了起来，说：日本人啊，哟，哥们儿你行啊。

一个胖子拉了拉她的手说：你会不会说“雅买蝶”？

丽子闪躲开，眼睛里有一丝恼怒，我冷冷地说：别乱来啊，人家是老师，小心人家报警。

那个胖子讪讪地收回手，丽子冲我弯下腰，说：我要回去了，先走了，失礼了。

我就站起来把她送到门口，一出酒吧热浪袭来，我对她说：刚刚的事情你别介意，他们都喝醉了。

她笑着说：我知道，没关系的。

她的眼睛会笑，弯成一道彩虹。

我说：你住哪儿？远的话我开车送你。

她说：不用了，谢谢你，今天我很开心。

我愣了愣，然后挥手拦下一辆的士，目送她离开。

第二天绕着城市逛了逛，这个城市很奇怪，既有购物商场，也有石桥竹亭，护城河很清澈，一些姑娘乘船打伞笑个不停，穿着背心的小孩子们追来逐去，保存着一份独有的宁静。

第三天一大早，我坐车去西双版纳，想去见识下真正的原始丛林，结果到了之后当地人对我说上午有瘴气，进去了容易得病，要我吃了饭再去，只能找了个地方吃了顿超贵的午饭，两个菜花了我一百五十块，吃完后我对老板说：上午那里面真的有瘴气吗？

老板笑着说：没有！

我冲他点点头，然后快步走远。

玩了一趟后又回到了普洱，胳膊和腿上都是疙瘩，那里面的蚊子还真大。

我身上的钱花得差不多了，星期六准备离开，不巧开始下起了大雨，堂哥进的货还没加工完，下家赶着要，堂哥要我再留一天等他出货了送我上车。我看了半天书之后决定出去走走，半路想起了丽子说过的那个学校，心想碰下运气看能不能找到她。丽子的学校明显就不入流，在校门口就能看到一对小情侣啃得火热，我问了好几个学生终于找到了丽子，当时她刚上完课，我冲她挥挥手，她笑着快步跑过来。

我说：中午一起吃顿饭吧？

她说：好呀，我请你。

我说：在中国都是男生请女生吃饭，女生请的话人家会笑话那男生的。

她开心地笑，雨还是淅淅沥沥地下着，我们共用一把伞，我把伞向她那边斜着，她抬头看看我说：你真是太体贴了。

我说：我其实并不体贴，我怕你打不到伞又踩我。

丽子就捂着嘴笑，眼睛弯得很好看。

丽子吃饭的样子很优雅，并且很珍惜粮食，把菜吃得很干净，她说：我真是太喜欢中国菜了，这也是我坚持要来中国的原因。

我说：有机会去我那边，让你见识下什么叫真正的美食，这里的菜做得也不算地道。

她说：好呀，如果有假期我会去的。

结完账服务员送我们两包茶叶。

我说：我明天要走了。

她抬头看看我，眼睛里有一丝失落，她说：那你还来吗？

我笑笑说：有时间就来，我……挺喜欢这儿的。

我送她回学校，校门口有一群学生骑着自行车急速地冲过来，带着大叫和坏笑，丽子被吓住了。因为眼看她要被撞到，我一把拉住她，她的手冰冷，脸有点儿发白。

我笑着说：你们学校的男生很调皮啊。

她勾了勾手指，说：他们经常这样的，这里的治安很差。

几分钟后到了老师宿舍，我说：那……再见吧。

她冲我弯腰说：今天谢谢你啦。

我说：交个男朋友吧，其实中国男孩也挺好的。

她嘴角上翘：我会考虑的，找个你这样的男孩子。

我说：你上去吧，如果我再来这边还会来这儿找你的。

她走进去，我往外走，不一会儿她又冲出来拉着我，笑着弯腰：今天我很开心。

那一刻，雨恰好停住了，微风拂动她的头发，美得像一幅油画。

[THE SECOND STATION]

第二站

欢笑

CHAPTER 01_

流浪诗人

“每一次的奋斗都会有意义，要么是盛开的花朵，要么是大树上的伤疤。”这是表哥留给我的最后一句话，说完后他就背上行李坐上列车，再也没有出现在我的世界里。

在朋友的眼中，本人一向是个优秀的人，不仅才貌双全，而且温柔有趣。但是他们不知道的是，我从小到大被亲戚们鞭策着长大，而导致亲戚们都不看好我的罪魁祸首，是我表哥。

从小到大我表哥就是家长们津津乐道的“别人家的孩子”，长得秀气，脑袋聪明，学习刻苦，从来就没有考过第二名。长大后越发地帅气，运动能力强，招女孩喜欢，老师也特别爱把他当优秀的典型。这样的人在少年中很容易成为领袖，每次周末一起出去玩都是到他家去集合。

我却不是很喜欢我表哥，因为在他的衬托下，我显得平凡且微不足道，他丝毫没有察觉，每次去外面有什么好吃的、好玩的都带一份儿给我。

读初中的时候《古惑仔》热播，大家都迷上了组社团，各种红星、东星什么的。有一次两个胳膊上贴着文身的高中生把我拦住了，一个胖子拍了拍我的头：站住！

我问：干吗？

胖子说：知不知道我们是谁？

我努力地看了半天说：不认识。

胖子说：我们红星的，这片儿归我们管。

我对红星的认知还停留在我爸爱喝的二锅头上，于是我幽默地说了句：我不喝二锅头。

两个高中生狠狠地揍了我一顿，抢走了我身上的零花钱，扬长而去。

我表哥提了一袋苹果来看我，他问我：还记不记得那两人的样子？

我吃着苹果说：那胖子脸上有一大块黑斑。

表哥问我：痛吗？

我说：我的腿很痛。

表哥摸了摸我的头说：以后别人问你痛不痛，即使是很痛你也要说不痛。

一个傍晚我走在街上，看到那胖子被我表哥狂打，那时候我表哥没有一丝乖孩子的样子，眼神凶狠，动作狂野，打得拳头上都是血才罢休。

我开始崇拜我表哥，动不动就去他家玩。偶然的一个下午，他从抽屉里拿出一包烟，阳光洒在安静的房间里，他站在窗边抽烟。在我的印象中，表哥总是在认真地写作业，或者安静地看书，而绝不是在窗户旁抽烟。但是不可否认，他抽烟的样子真帅，斜着脸刘海遮住他的半只眼，凝视窗外，口中轻轻吐出烟圈儿。

我表哥喜欢看录像或者把光盘放到影碟机里听歌，他炯炯有神地看着彩色电视机里的黄家驹，扭过头对我说：弹吉他是不是很酷？

我茫然地点点头，他兴奋地说：以后我也要学吉他，弹出这么厉害的曲子。

他打工赚钱，大热天帮人家去送矿泉水，每天只有二十块钱，热得满头是汗。

不那么热的时候，他就带着我去捡塑料瓶，我有点儿不情愿，没精打采地跟在他后面，他就讲笑话逗我笑。

卖完塑料瓶后他就给我买一个雪糕，我说：哥哥，你不吃吗？

他笑着说：我不想吃。

虽然攒了两个月，但赚的钱离买一把吉他还差得远，表哥就拿上那些钱去打牌，和他一直不屑的那些混混同学，打了一下午，表哥抽完一支烟后拿起钱准备走，一个混混扯住他的手阴阳怪气地说：赢了钱就跑，不大好吧？

表哥冷笑一声，直直地盯着那混混说：只有输了钱才能走吗？

小混混看到表哥眼睛里的戾气，慌张地松开手。

表哥托朋友买了把吉他，拿到吉他的那天我表哥特别兴奋，打开包装一看，是一把火红色的吉他。我们一起到河边，他掏出吉他胡乱拨了几下，问我：酷吗？

我说：酷！

表哥笑着说：等我学会了教你。

可是没等他学会，那把吉他就被砸烂了。高考前一个月，大舅吃饭的时候问他：你这次考试成绩怎么样？

表哥说：跟上次差不多。

大舅把碗重重地放在桌子上说：老师说你成绩退步了很多，你还在这里撒谎。

表哥说：只是没发挥好而已，不要大惊小怪。

大舅就喋喋不休地数落表哥，表哥不耐烦地放下碗回房间弹吉他。大舅怒不可遏，冲进表哥房里抢过那把火红色的吉他，重重地砸在地上，吉他就四分五裂了，琴弦发出了最后的哀鸣声。

大舅说：天天弹这个玩意儿有什么用，以后能靠这个吃饭吗，给我安心学习考个好大学。

表哥站起来，身体因为愤怒发着抖，说：我会让你如愿的。

然后冲出屋外摔上大门。

三个小时后，表哥还是没有回来，大舅有点儿急了，发动亲戚朋友去找他。最后还是我找到了他，他低头坐在一个公园的长椅上，落魄得像个流浪诗人。四周一片昏暗，我看不清他的表情。

我说：哥哥，回去吧。

他抬起头，我后退了一步。他缓了下神色对我说：你知道吗？我爸妈从小就说你特别聪明，很爱学习，要我做哥哥的不能输给弟弟。我一直都是被迫地过着自己不想过的生活，我心里一直挺烦你的。

我无辜地说：可是我爸妈说要我向你学习啊，他们都说你特棒。

表哥瞪大眼睛看着我，很长时间后呼出一口气，叼着烟躺在椅子上说：那些可恶的大人……

那年高考成绩出来时，学习一直名列前茅的表哥考出了一个惊人的分数——250分，一分不多一分不少。我估摸着是他算计好的。然后和家里决裂出去自己闯，好多年没有音信。

在以后的岁月里，我学会了抽烟、学会了吉他、学会了别人冲上来的时候挥拳迎接，但是我一辈子也成不了我表哥那么酷的人，我想。

CHAPTER

02_

温柔债主

马铭确实是我认识的人里面最毒舌的，但是她从来都没什么坏心眼儿。

每次我找她借钱的时候她都尖着嗓子说：像你这么大年纪的老男人，不仅没有女朋友，而且身上连五块钱都找不出来的loser，真是千年难得一遇。

我说：虽然我没钱，可是我有才华啊。

马铭冷笑一声说：您可别恬不知耻了，写几个字就能叫才华了？我把我家黑黑多训练几天，写出来的字都比你好看。

我一口气差点儿没顺上来，说：只是借三百块钱嘛，用不着这么狠吧？

马铭从包里掏出一大叠纸，然后甩给我：看看，这是你给我写的欠条，连起来都可以绕武汉三圈儿了，你哪次还了？

我找了半天找出一张五十块的欠条，笑着说：这张我还了，上次我请你吃的烤鱼就不止五十块了。

马铭说：你真是不以丢脸为耻反以丢脸为荣啊。

然后一副打发乞丐的姿态把钱包丢给我。

第一次遇见马铭的时候是在军训，当时的教官非常残暴，军姿一站就是一下午，晒得我们走在街上人家都认不出我们的国籍。

所以我就找借口不去，被发现后被教官使出《鹿鼎记》里周星驰的那一招，两个手指头夹住我的胸一扯，我差点儿没昏过去，回去后衣服一脱，室友们打量了下我，都感慨：发育了，发育了。

马铭是从来不去军训的，到了最后一天阅兵才去，教官非常恼火，马铭也不甘示弱，吵了惊天动地的一架，让马铭一跃成为学校的三大传奇之一。

当时教官训了她几句，她沉下脸说：你一个男人怎么话这么多，像个娘们一样婆婆妈妈，我的正步不是踢得很标准吗？

教官说：军训考验的是态度问题，看你们有没有吃苦耐劳的精神。

马铭说：站太阳下面就能考验了？我看你们就是一群虐待狂。

教官拳头捏得咯咯响，咬着牙说：我是你的教官！

马铭大着嗓门说了一句话，让她一战成名，她说：教官有什么了不起，你除了胸比我大点儿还有什么比我强！

马铭成为传奇之后有很多男生慕名而来，奋不顾身地想追她，都被她损得体无完肤。

一个小个子男生拿着鲜花到她寝室楼下表白，小脸通红地说：马铭，不管你答不答应我，我都要追你。

马铭低头看了看他说：就你这小短腿怎么追啊，跟你谈恋爱走在街上人家还以为我拐骗未成年人呢，你还是省省吧。

篮球队队长穿着T恤写了封情书给她，她把那封情书还给那队长说：人类世界很危险，还是回动物园去找你的母猩猩吧。

篮球队队长受了内伤，后来打球上篮都没劲了。

眼镜男在她楼下摆满了蜡烛，大声喊：马铭，我想你；马铭，我爱你；马铭，我想你想得睡不着觉。

周围人纷纷起哄，马铭一盆水浇下来，眼镜男就成了落汤鸡，马铭说：发什么春，再嚷嚷我就报警了。

眼镜男落荒而逃。

打麻将的时候我对她说：铭哥，做人要有追求是没错，但是太有追求了也不行，有合适的妖孽就收了呗。

马铭摸了张牌瞪了我一眼，说：你管我，看你那欲求不满的样儿，上次那女胖子瞎了眼和你告白，你现在后悔没答应人家了吧。

我严肃地说：第一，人家不是女胖子，她只是很丰满，文雅地说是丰乳肥臀。第二，我是准备答应她的，是你把人家损走的，现在人家都在接受心理治疗呢。

马铭用力把桌子一拍，麻将都弹起来了，我发抖地说：君子动口不动手。

马铭却把牌一倒，说：我和了，给钱。

期末的时候马铭说要我辅导她高等数学，我说：我不去，我忙着呢。

马铭笑眯眯地说：我请你吃牛排。

我吞了口口水说：别以为靠点儿小恩小惠就能收买我，我是有节操的人。

马铭一把揪住我的耳朵，我差点儿没昏过去，她大喝：就你这样还谈节操，你还欠我那么多钱呢，辅导我学习就算利息了。

到了她家我发现她房里还挺干净的，我就说：约法三章，第一，不准打我；第二，不准骂我；第三，完事后要请我吃牛排。

她其实很聪明，就是懒得学，两个小时的时间必考内容我就给她讲得差不多了，就是在拉格朗日定理卡了壳，怎么讲都讲不明白。

我有点儿恼火，说：你玩我呢？我现在都讲了五遍了，你怎么可能还不懂拉格朗日定理？

她坏笑着说：拉格朗是谁啊，这么残暴！

那段时间我写了几篇稿子给杂志社，过了一个月收到了稿费，我拿着钱蹦蹦跳跳地找到马铭。

我把钱递给她，说：我有钱了，以后就不再受你的催债气了。

她轻蔑地看着我说：你不会去卖了你的童贞了吧？

我说：甭瞧不起人了，我告诉你，钱对于将来的我来说，只是银行卡里的一个数字，没有多大意义。

她数了数钞票，然后说：你这一半都不够啊，还是留着保命吧，免得过几天饿死街头了别人又说我狠心。

说完把钱又塞回给我，我心想这姑娘真是奇怪，天天催命似的要我还钱，真还给她了她还不要。后来圣诞节快到了，我拿那钱给她买了件白色羽绒服，送给她的时候她接过去还一脸嫌弃地说：丑死了，你这是什么眼光啊。

我有点儿生气，说：不要拉倒，我送我妹妹去。

她把羽绒服抱在怀里说：去你的，不要白不要。

那段时间我谈恋爱了，那个姑娘温柔款款，说话轻声细语，完全就是马铭的对立版，我和她在一起感到非常幸福。

马铭很少过来找我玩儿了，整个人很消沉，损人都没什么杀伤力了。

元旦的时候我请她吃饭，她有点儿闷闷不乐，我逗她：怎么了？是不是少了我这个人体沙包生活都没劲了？

她沮丧地趴在桌子上嘟囔：你真是太没责任感了，欠我那么多钱还有心思谈恋爱呢。

后来有一天晚上，我听到马铭的一个追求者恼羞成怒，当着很多人的面败坏她的名声，说了很多非常下流的话，我冲过去对他说：你胡说八道什么呢？

那家伙说：关你屁事啊，她本来就那样。

我吼了句“去你妈的”就和他厮打起来，他的朋友一拥而上，我被打得满地找牙，而我女朋友看到我被打跑得不见踪影，还是路过的几位老爷爷把我送去医院的。

马铭知道这事后急匆匆地跑到医院来找我，她骂我：平时叫你搬个东西都一副娇花样，哪来的勇气斗殴？

我说：你是我的债主啊，谁骂你我跟谁急。

马铭坐在我旁边不说话，我觉得有点儿奇怪就扭头看了看，发现她揉着眼睛说：最近没睡好，眼睛太干了。

伤好以后，我马不停蹄地找到那温柔姑娘和她分手，因为我觉得她适合找一个短跑运动员谈恋爱，和我在一起是浪费了她的天赋。

马铭去国外的那天早上，我跑去她楼下找她，她穿着我送她的羽绒服，红着眼睛看着我。

我说：别把气氛搞得这么矫情，就一年时间嘛，又不是生离死别。

马铭说：嗯，临走之前送一句忠告给你，恋爱要谨慎，打架有风险，没我在谁罩着你啊。

我点点头说：你放心，经过上次恋爱我发现我还是喜欢泼辣点的姑娘。

马铭笑眯眯地揪了下我的脸说：你要给我记住，我是你的债主呢。

我很想念马铭，从那之后，我们未曾再见。

CHAPTER 03_

告白狂

你害怕告白吗？

你敢在众人面前鼓足勇气对喜欢的人大声说出“爱”这个字吗？

你会想尽办法来讨喜欢的人欢心吗？

还是因为害怕失败那句藏在心里很久的话再也说不出口？

最后因为没勇气表达而慢慢错过？

余夏是个告白狂，第一次遇见沐雅的时候就被她迷住了。沐雅高高的个子像个模特儿，说话都是冷冰冰的，一副拒人于千里之外的样子；无奈余夏又是个爱闹腾的人，沐雅就觉得这个人不稳重，不怎么爱搭理他。

第一次告白的时候他还在上大学，余夏在沐雅的宿舍楼下用蜡烛摆了一个心形，自己拿着一捧玫瑰，然后要我们齐声喊沐雅的名字。

我说：余夏，用不着这么兴师动众吧，学校的保安都是退伍军人，手黑着呢。

余夏说：哥们儿的一生幸福就靠你们了，完事后我请你们吃饭。

大家就扯着嗓子呐喊：沐雅，我想你；沐雅，我爱你；沐雅，我想你想得睡不着觉。

无数个姑娘涌到阳台围观，对着我们指指点点，余夏满意地点点头，努力寻找沐雅的身影。

不一会儿沐雅也站在了阳台上，冷冷地看着楼下的余夏，没有丝毫表情。余夏涨红了脸，对楼上大声地喊着：沐雅，从我第一次见到你就为你着了迷，你的身影占据了我的心，虽然我没有什么钱，但是我有对你全心全意的热情……

我对旁边的哥们儿说：看不出这厮还有当诗人的潜质。

余夏还在絮絮叨叨地念着，结果天公不作美，一阵狂风骤雨，余夏被淋成了落汤鸡，女生们纷纷用东西砸他，他一边挡着一边继续念，就像古代英勇作战的将军，直到一条卫生巾砸到了他头上，他就像被施了定身法一样整个人都呆住了。

我们哄然大笑，余夏把东西一收拾落荒而逃。

半夜的时候我们坐在烧烤摊边喝啤酒，余夏有点儿闷闷不乐，我安慰他说：没事儿，天涯何处无芳草。

余夏说：好像少了点儿什么。

我们都一副茫然的样子盯着他，他跳起来说：少了点儿气氛，对了，应该加点音乐就更好了。老刘，上次晚会用的音响你放哪了？

我说：隔壁寝室啊，他们天天拿着那个放艳曲呢。

余夏点点头就往学校跑去，大家看着他滑稽的背影笑了笑干了一杯，我想起了什么猛地一拍桌子：那孙子还没付钱呢！

后来余夏有事没事就给沐雅买零食，屁颠屁颠地到自习室送给她，沐雅说：我不要，你拿回去自己吃吧。

余夏说：没事儿，这些都是低脂零食，吃了不会长胖的。

沐雅说：余夏，咱俩不合适，你别这样了。

余夏笑了笑说：我又没想怎么着，大家就算做不成情侣还是可以做好朋友的嘛。

沐雅的脸色缓和了点，接过零食说：下次别再买了，咱们都是学生，本来都没什么钱。

余夏说：没事儿，我会赚外快。

这是真的，余夏是我见过的最有生意头脑的少年，我们学校情况有点儿特殊，男女生寝室隔得很近，一到晚上就风景对面独好，但是因为光线太暗只能看到模糊的身影，这时候余夏就去批发了一堆望远镜，引起了男生寝室的哄抢，赚了一大笔。

几个外院的哥们儿东施效颦也进了一批，余夏却收手了，转而卖烟酒，天南海北的东西都能弄到，在学生中很有名气。反而那几个外院的哥们儿没赚到一分钱，因为还没卖就被学校保安室没收了，得知此事余夏神秘地笑了笑，说他早给保安孝敬了不少，不然也被逮了。他的烟酒生意做得红红火火，往往有哥们儿找到他花高价买几瓶二锅头，然后回到寝室边喝边哭：我老久没回家了，哎呀妈呀，想死这个劲儿了。

虽然余夏赚的钱是我们中最多的，但是他也是我们中最抠门的，早上的时候经常看到他挤别人的牙膏刷得不亦乐乎，到了冬天连热水瓶都舍不得买，全是借用我们的。这让我们相信越有钱的人越小气，越小气的人越有钱这一哲理。但他给沐雅花钱却从不含糊，什么贵买什么，每次去超市买东西那狠劲我们都替他心疼。

沐雅的学习成绩属于中等，考英语六级考了两次都没过，第三次考试的前夕余夏把她拉到一个幽暗的角落，递给她一个纸条，沐雅莫名其妙，说：你又玩什么花样？

余夏挤挤眼说：明儿的作文题目。

沐雅瞅了一眼，说：真的假的啊？

余夏说：真的，我花一千块钱买的。

第二天考完沐雅笑嘻嘻地出来了，余夏在考场外等她，一看到她就递上一瓶红茶，沐雅那天心情很好，说：谢谢。

余夏摆摆手说：咱们俩有什么好谢的，用不着。

沐雅说：要不我请你吃饭吧，这次我应该能过了。

余夏眼睛一亮说：行啊，不过地方得我挑。

沐雅笑着说：行，给你个机会宰我一顿。

沐雅是很少笑的，余夏觉得沐雅的笑容让这个世界都亮了一分。

那天他们走着去吃饭，路过一个商场的时候余夏突然说：我去买个东西，你在这儿等我一下。

说完急匆匆地跑了进去，沐雅就四处看了看，突然旁边的人一阵欢呼，商场的大屏幕上出现了余夏的脸，余夏正对着镜头，慢慢说：沐雅，我又告白了，对不起。很多时候我都对自己说，不要再幻想着癞蛤蟆吃天鹅肉，但是我内心又接受不了，我总觉得，我努力一点，再努力一点，就能够打动你的心，向前一点，再向前一点，就能牵住你的手。你不止一次拒绝过我，但是我真的放弃不了，所以在这里我要恳求你，试着接受我一下，我可以为你的世界添上所有的色彩，让你的人生铺满所有的幸福。

周围的人纷纷起哄，旁边的烟花适时地绽放。

沐雅的眼眶湿了，泪珠滚来滚去，这时候余夏捧着一大束玫瑰，朝她笔直地走过来，然后伸出手递给她。

小姑娘们纷纷拿出手机：接受他吧，多好的男生啊。

沐雅接过鲜花，周围的掌声响成一片，掌声还没落下的时候沐雅却把鲜花还给了余夏，她低沉地说：对不起，我真的对你没感觉，你再去找个好女孩吧，应该会有很多人喜欢你的。

余夏呆若木鸡，问：是不是我哪里不够好，你说我改。

沐雅说：你挺好的，是我不好，抱歉。

说完擦擦眼睛，扭头快步走开。

那天晚上余夏把我们请到外面的大餐馆，狠狠地吃了一顿，把他赚的钱全部都花了，点着叫不出名字的洋酒，吃着不会吃的海鲜，大家都瘆得慌，对他说：余夏，你该不会想不开吧？

余夏拿起杯子把酒一饮而尽，说：我至于嘛，我只是想通了一个道理。

我们问：什么道理？

余夏又灌了一杯，呛得流眼泪，说：感情这玩意儿，真不是天道酬勤就能得到的。

余夏再也不瞎折腾了，老老实实实习、写毕业论文，真的没有再纠缠沐雅，毕业后找了份不错的工作，父母赞助了点钱买了个小房子，只是一直都没有女朋友。

国庆放长假的时候我们聚在一起唱歌，边唱边摇色子喝啤酒，不一会儿一打啤酒就搞定了，我就出去买酒，这时候一个姑娘迎面走来撞了我一下，我一看，居然是沐雅，我说：哟，大美女，真巧啊。

沐雅红着脸笑笑说：陪朋友来的，要不你待会儿过来我们这边一起玩吧。

我说：还是你来我这边吧，余夏也在里面，我觉得你应该见见他。

沐雅的脸色僵了僵，还是点点头说：我跟朋友说一声就过来。

回到包间余夏止不住地抱怨我，说我的动作太慢了，再等会儿他的酒都醒了；兴致都没了。

我说：你小子要谢谢我，我给你找来一个老熟人。

余夏说：你玩不过我就投降，别找帮手那么丢份儿啊。

这时候沐雅推门进来，余夏好像变成了一个石像，只剩下眼角在微微抖动。沐雅倒是很大方地打了一转招呼，然后冲余夏笑笑说：好久不见啊。

余夏缓过神来，说：是啊，你好像又漂亮了。

沐雅说：你还是那么油腔滑调，你要是正经一点，当初说不定我就答应你了。

余夏却耸耸肩，说：我要是正经一点，也就不会有那么大的胆子向你告白了，别提这个了，咱们喝一杯吧。

沐雅大方地拿起杯子和他撞了一下，然后把啤酒一口喝完。

沐雅笑着问：我到现在都不明白，你喜欢我哪啊？

余夏学着《大话西游》里菩提老祖的语气说：喜欢一个人，需要理由吗？

两个人相视一笑，又喝了一大杯。

后来大家散场的时候余夏突然拿起话筒，唱了一首张学友的《情书》，第一句唱出来的时候大家就被镇住了，我们从来没听过余夏唱歌，想不到他竟然唱得这么好，他满含深情地看着沐雅唱着：

可惜爱不是几滴眼泪几封情书

这样的话也许有点残酷

等待着别人给幸福的人

往往过得都不怎么幸福

……

唱完的时候尖叫一片，旁边包厢的小妹妹都被吸引过来，满眼爱心地看着余夏，余夏的眼中却只剩下沐雅一个人，他释然地笑笑说：这是我最后一次向你告白了。

余夏把话筒丢在桌子上拉开门往外走，他的背影不再滑稽，成熟中带着几分落寞，他无悔地往前走去。

然后大家都想不到的是沐雅冲过去紧紧地抱住了他，感动的眼泪全部流在他的衬衣上。余夏好像又变成了一个雕塑，浑身僵着动都不敢动，没有鲜花、没有浪漫、没有多余的手法，余夏终于俘获了沐雅的心。

你害怕告白吗？

你敢在众人面前鼓足勇气对喜欢的人大声说出“爱”这个字吗？

你会想尽办法来讨喜欢的人欢心吗？

还是因为害怕失败那句藏在心里很久的话再也说不出口？

最后因为没勇气表达而慢慢错过？

不，我从不害怕告白，我只害怕错过！

CHAPTER

04_

可爱的凡夫俗子

优秀的人就像一团光芒，和他们待久了，就再也不想走回黑暗了。

但是这个世界上，优秀的人毕竟是少部分。我们中的大部分人都是普通人，过着或喜或悲的生活，而往往很难被人认可。

在我的高中时代，班上有一个胖子，脸上长满痤疮，五官颇为丑陋，男生不爱搭理他，姑娘们就更嫌弃了。

胖子学习不大好，不止一次被老师作为反面教材在课堂上训话，记得那位老师说过这么一句话：你简直就是浪费学校的粮食，像你这样的人回去养猪就好了。

课堂上一阵哄笑，他只是红着脸垂着头，没有一丝反抗。

体育课就是他的地狱，每次跑步他都是最后一个人，大家都跑到终点坐在一边玩的时候，他还在举步维艰地慢跑，呼呼地喘着粗气。

女生们就会笑话他的狼狈样，男生就会大声喊：妈的，你快点啊，别浪费上课时间，我们还要打篮球呢。

文艺方面这哥们儿更是蹩脚，一唱歌就跟鬼哭似的，大合唱的时候老师叮嘱他：待会儿你别唱了，对口型别出声就是了。

后来我们班得了倒数第二名，老师训他：不是要你别发声吗？

他涨红了脸说：我没有！

旁边的人都起哄：都怪你、都怪你，太没有集体荣誉感了。

有时候我觉得他像一只笨拙的乌龟，不管别人怎么嘲笑，都是不慌不忙地往前走。

这样的一个人，不管怎么说，都绝对跟“优秀”二字搭不上边儿。

但是有一件事情让所有的人对他产生了改观。

一天深夜我睡得好好的，猛地被人摇醒了，我有点儿烦躁，问：干吗呢？

然后就看见了他，他满头是汗，慌慌张张地说：烟、烟进来了，好像失火了……

我一下子就醒了，感觉寝室真的有浓烟，急忙跳下床，打开门后发现走廊上都是烟，我说：快跑啊。

他没有理我，继续一个一个地摇着那些睡熟的同学，他们有些嘲笑过他，有些辱骂过他，有些甚至打过他，但是他就是用毛巾捂着鼻子摇着那些人，急得满头大汗。

那一刻，我觉得他背后在发光。

我把杯子摔在地上，发出巨响，拉着那些半梦半醒的人跑到楼下，保安室的人正好赶到，我们急急忙忙地提着水去救火，清点完人数后大家松了一大口气，幸亏没有人出事。

后来查出来是一个学生偷偷抽烟，结果烟头没掐灭，酿成火灾。

班主任第一次表扬了他，他上台说不出话，紧张得发抖，大家给他鼓掌，他给我们鞠了一躬，我们的掌声更猛了。

大学时代坐公交车去做兼职，一个佝偻着身体的婆婆上了车，提着一个菜篮子和几个矮板凳，车上充斥着一股鱼腥味，乘客们纷纷捂住了鼻子。

婆婆坐在一个漂亮姑娘的旁边，那姑娘皱着眉头用一种尖尖的声音说：真讨厌！

婆婆有点儿不好意思，捏着衣角没说话。

过了一会儿一群中学生上了车，吵吵闹闹的，那时候是大热天，已经没有空位了，几个孩子没有座位热得满脸通红，婆婆就把那些矮凳子拉出来对那几个中学生说：你们坐。

几个孩子连忙坐下，对着她说：谢谢奶奶。

婆婆笑得很慈祥，几个孩子又坐在一起闹了起来。

几站过后那漂亮姑娘要下车，停车的时候那姑娘没站稳，一个趔趄踩在了婆婆的篮子里，一些黑水就溅在了那姑娘的白裙子上。

那姑娘急了，破口大骂，对着一个年逾古稀的老人说：你什么意思啊，上车带这些脏东西来干吗，看把我裙子弄的，这是我新买的。

不知怎的，我觉得那姑娘一点儿都不漂亮了。

婆婆拿出一块手帕，想帮她擦干净，她一回手把手帕打掉，说：别用你的脏手碰我，真是服了，什么人啊，真是没素质。

这时候一个虎头虎脑的中学生跳了起来，扯着那姑娘的胳膊往后门走，伴随着那姑娘的一串尖叫，然后那个中学生大力一推，那姑娘就栽到了车外面。

然后全车都安静了，那群孩子中有一个说：豆子，你今天刚被老师骂了，你不怕……

那个中学生甩甩胳膊说：就算写十份检讨，这事我也要做。

车厢内一片寂静，然后爆发出一阵掌声，鼓掌的有小孩子也有成年人。

工作后办公室里一个阿姨专门负责打扫卫生，每天都是单调地扫地、拖地，跟我们也没什么交流。主管是个刻薄的人，仗着自己是名牌大学毕业，工作资历又老，经常对同事大呼小叫，对这阿姨更是呼来喝去。

那天中午的时候他把那阿姨训得一无是处，说卫生间没弄干净，办公室都是灰尘，阿姨低着头一言不发，主管说：再这样下去你就准备走人吧。

阿姨眼中露出渴求的眼神，说：我现在就去弄干净。

吃饭后主管很着急地找什么东西，急得上蹿下跳的，我们都幸灾乐祸，都想看他出丑。

他挨个儿地问我们：有没有看到一大串钥匙？

我们说：没有。

他的额头冒出冷汗，慌张得不得了，我们才知道他把办公室和资料室的钥匙弄丢了，情况非常严重，找不回来老板说不定要开了他。

这时候那阿姨唯唯诺诺地说：是不是这个？

那阿姨手上拿着一串水淋淋的钥匙，主管一把抢过，冷冷地说：你从哪儿拿的？

那阿姨急忙说：我没拿，你把钥匙掉进厕所了，我……刚刚掏出来的。

大家都用尊敬的眼神看着阿姨，年轻主管羞愧地低下了头。

是的，如果说优秀的人如一团光芒，那么不优秀的人就是点点烛光，也许只有那么一刹那，却也会温暖我们的时光！

CHAPTER
05_

碎情书

我十六岁的时候，丝毫没有被暗恋的可能，可事实是，我被暗恋了。

我每天早上去教室的时候，桌子里就有一盒牛奶，日复一日，从不间断，我问了很多同学，但没有人知道是谁放的。

我试过故意起得很早，甚至找老师要钥匙第一个开门，可是我走到座位的时候，牛奶还是摆在那儿。

后来到了冬天，我不小心感冒了咳得很厉害，结果第二天牛奶旁边就出现了感冒药。

有一次踢球受了伤，膝盖破了皮，第二天果然就出现了云南白药和创可贴。

我心里有个结，迫切地想知道这个人是谁，可是无论我用什么方式，都查不到这个人。

我甚至想熬夜在教室里观察，但迫于每晚要查寝，所以放弃。

于是我在课桌里留了一张纸条，写着：谢谢你的牛奶，能告诉我你的名字吗？

第二天，纸条被拿走了，牛奶还是出现在那儿。

我每天都留纸条，纸条总是会被拿走，但是从来没有回信。

我的腐女同桌说：事情已经很明显了，对方一定是个男的。

我的心哗的一下坠入谷底，然后觉得不可能，我们这种小地方不可能出现这种极品。我想着，她肯定是个胆小的姑娘，可能长得不漂亮，没有多少朋友。

但是又有什么关系，在我心里面她已经是最可爱的姑娘了。

直到某一天，我上体育课的时候踢足球一个大脚开过去，没掌握好力度直接飞到了一个姑娘身上，那姑娘发出了一声尖叫，那时候我感觉教学楼都震了一下。

我跑过去准备和那姑娘道歉的时候，几个男生冲过来围住我，气势汹汹地质问我：你没长眼啊，连我们的班花也敢伤。

我揉揉眼睛仔细打量了下那姑娘，大饼脸、水桶腰、脸上还有不少青春痘，哪里配得上“班花”这么神圣的名字，忍不住咧嘴笑了下。

他们愤怒了，就给了我一拳，说：你弄伤了女生还有脸笑？

我感觉怒火从胸腔蔓延到大脑，但是还是克制住了，不理会他们转身想走，不料那肥头大耳的“班花”却在我身后说：算了算了，这个人我认识，他总是说学校有个姑娘暗恋他，反正我是不相信，除非那姑娘瞎了眼。

他们就夸张地笑起来，我的怒火终于击溃了残存的理智，回头一脚踹在那个捂着肚子笑个不停的男生身上，继而和他们厮打起来。我们班上的哥们儿看见我被群殴，也飞速扑过来，就这样，两群人打了起来。

当时情况非常混乱，最后还是我们大获全胜，几个哥们儿还在打，我把他们拉住说：别打了，他们也挺可怜的，这种肥女都能成为他们的班花。

哥们儿看了那姑娘一眼，用同情的眼神看了他们一眼就走了。

第二天老师要我们集体做检讨，还说要开除几个害群之马以儆效尤，我觉得像这种倒霉事一般会降临在我身上，因为我那时候迷上了动漫，总觉得自己有主角特性，不幸的事情往往会集中地砸在自己身上，然后我会使出卍解斩魄刀，变成九尾形态，成为《海贼王》的男人。

我那天晚上留了一张纸条：我可能要被开除了，也许对于我来说是一种解脱，我只希望知道你是谁，然后亲口对你说声谢谢。

第二天，我走进教室，发现课桌里多了一张纸条，我的心剧烈地跳起来，仿佛刚跑完五千米，我拿起纸条，手还不争气地颤抖起来。打开一看，只有一句话：我希望你能好好读书。

幸运的是，我并没有被开除，而更幸运的是，我知道了这个人是谁。

中午我走去食堂的时候，看到一个瘦小的女孩踮着脚在黑板上写着今日的菜单，她围着红围巾，头发很长，不算漂亮，但是是个很干净的女孩，黑板上的字迹和纸条上的字迹是一样的，她写出的字会往左边倾斜，非常容易识别。

我打听清楚了她的很多事，听说她是个孤儿，从小跟着叔叔长大的，她的叔叔是学校食堂的员工，她没有读高中，一直就在我们学校帮忙，她婶婶在食堂门口卖牛奶，她就帮忙收钱看摊。

原来我每天都能遇到她，却没有一次正视过她。

每天早上在操场跑步的时候，在远处看着我的是她。

踢球受了伤，急匆匆跑去医务室买药的那个人是她。

在国旗下念检讨时大家都是一副看戏的样子，唯一担忧我的那个人是她。

我这种人，有什么资格得到这天使的青睐？

很长时间后我才回忆起，有一次吃完饭走出食堂的时候，看到一个小姑娘费力地搬着两箱牛奶，食堂前面的楼梯很陡，小姑娘的脸有点发红，腿有点抖，我就过去把牛奶接到手里，说：我帮你。

小姑娘说：没事儿，不用。

我快步把东西搬进食堂，她红着脸说谢谢，我笑了笑赶上前面走远的哥们儿。

此后，我就开始关注她。

她不爱说话，不喜欢去人多的地方，是一个喜欢安静的女孩子，做事很勤快，总是围着红围巾，休息的时候就安静地看书，嘴边浮现一丝笑意。

大冬天的六点钟就要起来，把牛奶整理好，手都冻得破皮了，让人很心疼。

好多次我都想找她说话，可是看见她抬头，就讪讪地退开了。

暗恋是一只脆弱的水晶，我怕一丝莽撞就打碎了它。

放寒假的那天早上，我跑去食堂，她在那儿整理东西，我说：给我来瓶热牛奶。

她愣了愣，把牛奶递给我，然后转过身去继续整理东西。我注意到她把我留的那些纸条贴在漂亮的本子上，简直就是最漂亮的情书。

我说：不用收钱吗？

她又慌慌张张地转过来说：三、三块钱。

我把精心挑选的手套放到她手上，然后说：谢谢你的牛奶。

那一瞬，阳光折射在我们身上，彼此嘴角轻扬，青春开出了灿烂的花。

CHAPTER

06_

彼特胖

“你可以成为你羡慕的任何人！”

我有一个老师，脸大、微胖，说着一口纯正的美式英语，脸上总是挂着憨憨的笑容，开学那一天我第一次见到他还以为他是个卖西瓜的。他的英文名字叫彼特，不知道是不是喜欢彼特潘，但是我们大家都叫他彼特胖。在学校，教师群体间的钩心斗角显然让他适应不来，没几个老师愿意搭理他，但他却在学生中很受欢迎。

第一，彼特胖从不布置作业，课程也极其简单，上课的时候就教我们一些正常的对话，如果有空余时间还放电影给我们看，美剧中经常出现：Fuck，Shit，每当这些词出现的时候全班就跟着一起大声读，有一次一个领导路过我们教室的时候被一句惊雷般的“you son of a bitch！”吓了一跳。而每次有颜色情节出现的时候，他总是提前几分钟扭过头，导致后来他一扭头我们就正襟危坐，视力不好的就扶扶眼镜！

第二，他上课从不点名，他曾经说过用点名留住学生的老师就像用身体留住男人的妻子一样，都是徒劳且可笑的。但有一次上课居然只来了五个人，他一进来扫了一眼教室脸色一白，我们心想完了，急了的兔子要咬人了，谁知道他从包里掏啊掏、掏啊掏地掏出一副扑克，和我们玩了一节课的德州扑克，让我对他好感加倍。

第三，他的课程考试极其简单，考试前给我们模拟卷，考试通过率达到100%，不像别的老师那么极品。有一次考高数的时候一个极品老师给了我的室友59分，我室友愤愤不平，拿着放大镜把试卷检查了十几遍，发现有个答案是对的但老师改错了，找那老师理论，老师抽着烟把卷子一按说：你字迹太潦草了，根本看不清楚，还是认命去补考吧。气得我那室友差点儿买刀怒捅之。

更难能可贵的是，彼特胖还很大方，学生有时候周转不开了就找他借钱，他会很正经地问：借钱有什么用？

如果学生说去上网打牌，他就笑着摇摇头说不借。如果学生说去买教材、过生活，他就会掏出钱包，还找出纸条让学生打借条。

有时候估计他也没多少钱了，就说有心无力，学生就问：老师，你的工资不是挺多的吗？

他说：多乎？不多也。

说完他就带着一丝愧意走远，学生笑着骂：就你这胖子，还想学孔乙己！

大家都喜欢和彼特胖开玩笑，有次在厕所一个哥们儿问他：老师，你去国外留学的时候交过外国女朋友吗？

彼特胖笑笑说：交过。

大家兴致都来了，连忙把裤子拉链拉上聚在他周围说：感觉怎么样？

彼特胖很认真地思考了下，吐出一句话：太粗犷，不大好。

一句似是而非的话成了我们学生中的流行语，每当某个男生在看毛片的时候，大家就在旁边感慨：太粗犷，不大好。

大二的时候，学校估计是想捞点儿油水，要求我们购买某种呆兮兮的教材，上面画着几幅可笑的插画和几句中学水平的对话，更可笑的是上面还有韩梅梅和李雷在为生不生孩子吵架。每个老师都要辅助收钱，强制性的。而彼特胖没有强迫我们，估计是他也觉得那教材太傻，导致我们班是唯一没有买教材的。学校领导严厉地批评了他，他据理力争，觉得大学没有权力强制学生买东西，学校领导不爽，找他谈了几次话，他每次从办公室出来的时候头都昂得高高的，仿佛一个胜利的将军。

班长给我们做工作，说反正就一张点卡钱，大家买了算了，免得给老师添麻烦。

大家把钱收齐了交给他，他却把钱都退给我们，他跟我们说：今天一个人瞪了你一眼，你没有回视他；明天他打了你一巴掌，你没敢还手；后天他拿枪指着你的脑袋，你想起要反抗了，可是已经迟了，因为枪已经在他手里了，我们永远要珍惜自己反抗的权利，不要给他拿枪的机会。

那一刻，我觉得他像一个英雄。

校长怒了，点名要他会上道歉，不然“严肃处理”。

以我们对他的品性的了解，他应该会屈服的，因为他看起来就像个软柿子。

可是他没有，他写了一大篇文章反驳，言辞犀利、观点鲜明，驳得那群老古板差点儿吐血。

学校要把他辞退，我们学生终于开始心疼他，因为我们校规上规定，每个学生都有发言权，所以我们联名写了一封信（原谅我们的弱势）上述校长，那件事当时很有名，差点儿上了那个市的报纸。结果也如大家所料，他还是走了。

他离开学校的那天天空下着蒙蒙细雨，打在他半秃的头顶上让他显得很狼狈，可是我却觉得他从来没那么神勇。

他对我们说：以后骂人不要用 you son of a bitch，太粗鲁；最好用 you piece of shit，会显得高雅点。

我终于了解，虽然校规上说我们每个学生都有发言权，但是制定校规的人可以让我们没有发言权。

我从那一刻下定决心，要做一个强大的人，至少做个不容忽视的人。

我突然回想起那个软柿子上课的时候说他很喜欢闻一多，如果在那个时代，他一定要做闻一多的学生。

他对着下面昏昏欲睡的我们说：你可以成为你羡慕的任何人，哪怕会失败！

[THE THIRD STATION]

第三站 ～ ▼ ～ 迷茫

CHAPTER
01_

青春的尾巴

二十一岁的暑假，老爸给我打电话，要我去山西打理生意。

我说好，然后离校那天直接坐火车去太原，然后转车去了一个小县城，那个时候我们整个家族都在做游戏厅，已经分布到了全国各个省，算是赚得盆满钵满。开一个游戏厅只需要投入十万元左右，生意凑合的话两个月就能回本，剩下的就是捞多捞少的问题。我爸在那个小县城开的游戏厅，有几台赌博机，主要是硬币机和打鱼机，还有几台打机，也就是拳皇之类的街机。

我去的时候游戏厅已经收回成本了，我爸说反正每年暑假我都胡吃海喝不做正事，今年就学着打理下生意，赚的钱我自己拿回学校花。晚上吃了顿大餐，我爸把我灌倒后就买了张车票去了另外一个省，那里还有两个店。

所以我挂在青春的尾巴上，成了一个生意人。

游戏厅只有六七十平，整天乌烟瘴气的，隔三岔五还有人在里面斗殴闹事，我每天光着膀子坐在桌子前数钱，渐渐地染上了一些痞气。那个县城有几个煤矿，有钱的主儿不少，往往是吃了晚饭来这儿赌两个小时，不管是赢还是输说走就走，从不拖泥带水。反而有些高中生就没那素质，输了钱就气势汹汹地要我退钱，第一次我一般会轻描淡写地问：输了多少钱？

他们会说：三百五。

我把钱一数丢给他，说一句：以后别让我再见到你。

结果那群小崽子不思悔改，往往在周末来玩，输光了又来找我退钱，个个儿拍桌子跳板凳的，我抽着烟瞅他们一眼，问：这次输了多少？

他们说：八百。

我抄起旁边的椅子就砸倒一个，那家伙倒在地上翻了白眼，那群小屁孩儿被吓傻了，我说：还要不要退钱？

他们以百米冲刺的速度跑出门，再也没出现。

那地方藏龙卧虎，一个不起眼的人物可能身家上亿。有一次一个风韵犹存的大妈过来玩硬币机，一玩就是一晚上，凌晨要关门了她还恋恋不舍，输了一千五眼皮都不眨一下，我说：大姐，我要关门了。

她说：别啊，我再玩一会儿。

我说：一般很少有女人喜欢玩这个，大姐你有品位啊。

她说：我也不是喜欢玩这个，我就是喜欢听机器吐硬币的声音。

后来我打听清楚那大妈是煤矿老板的老婆，打个麻将也至少是万起，但还觉得没意思，后来成了我这儿的常客，有时候过来还帮我带包好烟，说家里的烟都快过期了，带过来让我帮忙处理了。

有一天她从早上玩到晚上，输了五千多还津津有味，后来一辆路虎停在门口，一个络腮胡子的男人走了进来，冷冷地看了我一眼。

我心一慌，想着不会是她老公过来找麻烦了吧，那男人把她拉了拉说：女儿带男朋友回来了，你不回去做饭来这儿玩什么？

她说：我再玩一会儿，这个好玩。

结果那男的看了一会儿也觉得有意思，两个人扎堆又玩了几千块，还是他们女儿来找的他们。

走的时候那大款问我：小兄弟你多大？

我诚惶诚恐地说：二十一。

大款点点头说：前途不可限量！

第一个月赚了四万块钱，我把钱都存到卡上，去超市买了一大堆吃的，那天晚上准备早点回去关门，自己听下摇滚庆祝下。我买了个不错的音响，喜欢在狼藉的狭小空间内把音量调到最大，在嘶吼和呐喊中发泄自己的情绪。

准备关门的时候还有两个男的抢着玩赌博机，其中一个光头把一个寸头推了一下，寸头就不爽地瞪着光头。两个人就用方言吵起来了，虽然我听不大懂，但是我通过他们的神情、动作能够理解，大概就是：

光头说：你瞅啥？

寸头说：瞅你咋滴？

光头就说：你再瞅试试。

寸头说：试试就试试。

然后抽出一把刀把光头给捅了，血流了一地，我当时已经蒙了，寸头捅人后露出凶光看了我一眼，我后退了一步，光头在地上不停地颤抖。

不一会儿警察就来了，几个虎背熊腰的警察把寸头按倒在地，还有两个把我的胳膊反扭，我大声说：不关我的事。

他们没理我，在门口贴上封条，我长这么大第一次进局子。

做完笔录后我蹲在拘留室，困意袭来却睡不着。那时候已经快十二点了，我拍拍门说：我要打电话。

一个长得欠揍的协警说：老实给我蹲着。

蹲了一夜，早上的时候腰酸背痛，我爸在当地的朋友把我保了出来。我爸的朋友请他们喝酒，点了一大桌子菜，那个协警给我敬酒：小兄弟，咱们走一个。

我说：我不和傻 × 喝酒。

然后甩手就走，回去睡了一天。

在游戏厅的不远处有一个烧烤摊，游戏厅关门了我就喜欢去那儿吃夜宵。烧烤老板的姑娘长得很水灵，身材也不错，每次给我上菜的时候肉都特别多，有一次我说：我忘了带钱了，要不你们派个人跟我回去取吧。

那姑娘就说：我跟你去。

走回去开了门，她饶有兴致地看了看周围说：看你年纪不大，还是小老板啊。

我说：有志不在年高嘛，你不也是小老板嘛。

她笑着说：我只是不喜欢读书，我一看书就犯困。

房间的灯光很暗，我数钱数了半天，她就凑过来，我闻到了她身上的香味，她的脸有点儿红，然后用水灵灵的眼睛看着我，然后我就把她压在了床上，她的身体还真热。

此后我吃烧烤就免费了，她隔三岔五地就过来给我洗衣服，经常有小混混喊她老板娘，她就红着脸笑。

后来我歇业了一天，她带我到处去逛了逛，我给她买了几套衣裳，她一直嫌贵，我说：我赚的钱就是给你买衣服用的，不准说贵。

她抬起头，眼泪汪汪地不说话。

到了最后，我要走了，她给我做了顿饭，她说：刘，我跟你走吧，我是真的喜欢你。

我喝了一大口酒，没说话，我不愿做任何承诺，我对很多女人说过我们要永远在一起，也对很多男人说过脏话，但是这些词都是我当时情绪的表达，从来没有实现过。

她看到我这样也没吵没闹，抹抹眼泪陪我喝酒，我喝醉了倒在床上，迷迷糊糊地感觉到她紧紧地抱着我，像个母亲亲孩子那样一次次地亲我的额头。

第二天一早我就走了，把存钱的那张卡放在她衣服里，回去的车上，看着倒退的风景，我怅然若失。

青春的末尾，我成功地蜕变成了一个浑蛋。

回到学校后我觉得自己已经和环境格格不入，学校的东西都太单纯了，无聊得让我动不动就犯困。

一年后新政策出台，禁止所有赌厅开设，我们一大家族到哪儿就在哪儿倒霉，赚的钱基本上都折进去了，之后家里聪明点的转了行，固执的亏得倾家荡产。

那个夏天，我忙前忙后几个月，没有赚到一分钱，但一辈子都无法忘记那个晚上她流在我胸口的滚烫的泪水。

CHAPTER

02_

丢硬币

每次我丢硬币的时候就会有不好的事情发生。

最开始是读高一的时候，那时候我对数学一窍不通，但凡是遇到判断题就用硬币来决定对错，正面算对、菊花算错，正确率却低得可怕，往往十道题的话才蒙对两题。

那时候损友就给我支了一招，要我前五题全选对后五题全选错，那样正确率会高一点儿。

结果那次期中考试真是邪了门了，居然是前五题是错的后五题是对的，试卷一发下来我差点被老师打死。

我的同桌是个有嘟嘟脸的姑娘，笑起来有两个很可爱的酒窝，但是我并不像普通的高中生那样会对同桌产生莫名的情愫，我甚至对她有点儿厌恶，其实她也没什么缺点，主要是她的数学成绩实在太好，跟我形成了鲜明的对比，每次数学老师发卷子的时候都会对我大肆地冷嘲热讽，让我尴尬不已。

久而久之，大概是她也觉得我的数学成绩差得离谱了，就问我：要不要我帮忙辅导你？

从她的眼神中可以看出她绝对是真诚的，我却拒绝了：还是算了，我这辈子跟数学有仇，不麻烦你了。

虽然数学成绩不好，但是我的语文成绩还不错，尤其是写得一手好作文，经常当成示范作文来念，总体成绩也不至于垫底，不高不低地混着。

高中留在我内心的记忆，是天空总是湛蓝，阳光总是从窗外打进来，在每个人的脸上都镀上一层金黄，大家都抬头看着黑板，眼中一半迷茫一半不安。

后来又过了一段时间，我迷上了魔兽争霸，并且玩得还不错，老师讲课的时候我就在本子上画战术，简笔画的水平也有所提高。晚上的时候就在寝室和几个哥们儿讨论冰火流和一波流，口水沫子喷一脸。

运动会的时候有人提议翻墙出去打魔兽，我们一共五个人，两个人赞同两个人反对，决定权不幸落到了我手上。

于是我又丢了硬币。

结果翻墙后都不敢往下跳，因为实在太高了，就跟跳楼似的。

我们坐在墙上说：完了完了，现在真是骑虎难下了。

然后就有个兄弟一马当先地跳了下去，就听到一声闷哼，那兄弟的脸瞬间成了酱红色，眼泪就哗啦啦地流。

他骨折了，连带着我们也受了处分。

我那时候齿少气锐，到处惹事，受过的处分把档案都写乱了，写过的检讨差不多可以出书，好在老师没有狠心把我开除。

我的数学成绩也成了大问题，居然连续三场考试都是个位数，老师布置的作业我连符号都看不懂了，我的同桌就习惯性地把本子递给我，还叹一口气。

开始我是很高兴的，但是她的叹气又让我很不爽，于是我“君子可死不可辱”般地没抄，宁愿被老师骂个狗血淋头。我做的改变就是疯狂地看数学书，因为基础不好，我还借了一些初中数学的书来扎实基本功，投入进去后，发现数学好像也没那么难。更可贵的是，学了数学以后，我打游戏都变厉害不少，大概是数学培养了我的逻辑能力吧。

又到了一次期中考试，我数学考了142分，分数我记得特别清楚，因为写最后一题的时候我的笔没墨水了，所以就把笔丢了没拿那 8 分，在全班是最高分，老师们都震惊了，我的数学老师把我的数学卷子查来查去，问我：你是不是作弊了？

我不爽地说：没有！

老师义正词严地说：你肯定有。

班上的同学们都窃窃私语，用一种奇怪的眼神看着我。

我站起来说：我没有，如果说我作弊了，那我抄的谁的，他们还没我考得高呢。

老师把眼镜扶正说：因为你从来都没有考过这么高的分，所以你肯定作弊了。

我气得发抖，要是我是个娘们儿，肯定就号啕大哭了，但是我只是冷冷一笑，坐下来不说话了。

那天晚上，我在桌子上丢硬币，正面我就拿砖头爆那老师的头，反面我就拿棍子爆那老师的头。

丢完硬币后我去操场捡了一块砖头，在那老师回去的必经之路上做了埋伏，那老师慢悠悠地走过来，我正准备冲出去的时候我同桌拉住了我，我都不知道她是怎么藏在我身后的，她说：你要干吗啊？

我说：干他！

我同桌使劲拽着我说：大家都知道你不是抄的，你何必用这种方法证明自己？

我说：我不是要证明自己的成绩，而是要证明自己的人格，你别拦着我。

说完我就挣脱她的手，一扭头，那老师早就没影了。

第二天起来我的怒气小多了，渐渐地没有了报复的想法，我的数学成绩也从此居高不下，和我的同桌稳稳地占据班上前两名。

高考完后我的成绩还不错，我爸要我去当医生，我妈要我去当老师，我又犹豫了，还是丢了硬币。

我还是去读了师范，还是数学系，我可爱的同桌不像我那么偏科，去了北京读工商管理。在我读大学的时候收到她的来信，在那个 QQ 和手机盛行的年代，她给我写了一封长信，信纸上面有一束漂亮的百合，述说了她的烦恼和迷茫。我花了两节思修课的时间给她写了一封回信，述说了我的同等级的烦恼和迷茫！

按照一般的剧情发展我们肯定是开始了朦胧的异地恋，然而情况并非如此，我和她分别找到了恋人，也开始为了生活奔波，唯一的联系就是每个月一封的长信。

我越来越喜欢丢硬币，选选修课时、四六级考试时、参加征文比赛时、去吉他社选歌时，每一次的结果都不太好。

现在我们再也没有互相写信，不知是我们太过忙碌，还是我们不愿倾诉？

听说她开了一家小公司，运行得不大顺利；我还是一个小职员，碌碌无为。

其实我们每次丢硬币，心里早就有了一个答案，硬币的结果都不是很重要，只是为了让自己不再矛盾。

就如她给我写的最后一封信，结尾语是：人生的精彩之处不在于结果，而在于经过。

很一针见血。

直到前几天，我的邮箱收到了一个视频，是她的结婚录像，她穿得光鲜动人，拿着话筒，对着她的亲朋好友说：每个人都有着自己的目标，有的想成为富翁，有的想成为名人，而我，从小就想当一个合格的妻子和妈妈。在我漫长的成长道路上，我迷茫过，也沮丧过，我曾觉得是我运气不好，也一直坚信上天不会对我太薄。今天我很开心，在我看来，我现在就是完成了自己最大的梦想，我很开心这时候有这么多人陪伴着我，谢谢你们。

然后她鞠躬，转过身对着镜头露出酒窝：谢谢你。

然后她扬了扬手中的一堆信。

我在电脑前不由自主地笑了，窗外的雨也恰好停了，空气清新。

我再也没丢过硬币，我释然了，都是徒劳的。

我们心里都清楚那个答案错得离谱，只不过要丢硬币来增加自己做错事的决心。

CHAPTER

03_

成人礼

我打了十八个小时的游戏后，拖着疲惫的身体回家休息，匆匆忙忙洗了个澡就蒙头大睡，中间被饿醒一次找了几块饼干，吃着吃着又睡着了，一些很离谱的梦就像国产剧一样不停地摧毁我的大脑，让我醒来后觉得更累，躺在床上奄奄一息。我看了一眼表，那时是下午五点二十分，阳光很刺眼，房间里很安静，心里有点儿空落落的，那个时候庞麦郎还没火，但我心里就只有一个念头：我必须要离开。

一个同学给我打电话，说他公司有个肥差事，待遇又好工作又轻松，我说：干吗的？

他说：就是管人的，没事儿训下面的员工几句，提高他们的工作效率就行了。

我心想哪儿有这么简单的活儿，就谨慎地问了句：你是不是进了传销组织了，要不要我安排卧底进去救你？

他哭笑不得：我传销谁也不会传销你啊，你哪儿有被传销的价值啊。人事主管不就干这些事吗，我跟你说，我这公司人傻钱多，好多人抢着干呢，你不来我安排别人了啊。

我说：别啊，我现在动身，明天就能来上班。

于是订好火车票，整理行李，下楼的时候遇到对门的杨大妈，她问：去外面玩啊？

我说：是啊。

我还没把东西弄下楼就听到她打开门对读高中的儿子说：许辉，好好读书，看到对门的那个小伙子没，年纪轻轻的就在家里啃老。

我心想你大爷的，老子又没把你剁了放锅里煮熟吃了怎么能叫“啃老”！所以我冲着楼上大喊一句：许辉，过几天一起把那个副本打通啊。

然后许辉就说了句：好嘞。

然后被杨大妈揪进门了，我拖着箱子坐进了一辆计程车，司机问我：去哪儿啊？

我说：火车站。

他就用娴熟的技术绕了一大圈路赶到火车站，下车的时候司机说：给三十块算了。

我丢下十七块下车开后备箱提箱子，那师傅拦住我说：喂喂，钱给少了。

我说：我还觉得你路绕少了呢，你怎么不绕到城外去呢？

他急了，按着我的箱子说：别给老子扯淡，把话说清楚，我绕了什么路了？我还不是怕堵车耽误你的时间，今天不把事情讲清楚没完。

我说：我不和傻 × 讲道理。

拉着箱子要进站，那司机一脚就踹到我箱子上，一个大老爷们儿要动手，居然是先踹人家的东西，我冷笑一声，转过身盯着他，他也气喘如牛地看着我。

途中他接了一个电话，说了几句我听不懂的行话，我就把行李箱甩在旁边看他要什么花样。他强由他强，明月照大江。他弱由他弱，清风抚山冈。不料他只是骂骂咧咧地回到车上，还对我说了一句：算你运气好。

天上出现了火烧云，每个人脸上都被染上了一层红晕，街旁的建筑美得像电影里的镜头，漂亮的姑娘们拉着手在我眼前笑着走过，家乡在离开的时候变得特别迷人，不知道是不是因为，它马上就要被我当成故乡。

我拖着箱子进站，那时候等车的人很多，没有位置可坐，我找到一个角落，把箱子摆在地上坐上面听歌。

我一直觉得，如果想要了解一个城市，就要见识它的车站，看它对那些来往匆匆的过客，是否有着一份可贵的宽容。

三个男的提着行李到了我身边，把报纸铺在地上坐着玩牌，不一会儿其中一位去上厕所，半天没有回来，一个满口黄牙的男人冲我说：一起玩呗，小兄弟。

我心想闲着也没事，就和他们玩了起来，三十分钟后赢了百来块，我站了起来一人递了一根烟，说：我要上车了，先撤了。

两个人面面相觑，却也无话可说，他们的套路我太清楚了，就是先让人赢一点然后再让他吐得干干净净，所以那个黄牙说：再玩会儿呗，没事。

我没理会，快步拖着行李箱去检票。

登车前周围的喧哗声让我想起了很多事，我在这里送过很多朝夕相处的挚友，送过心爱的女孩，送过照顾我的至亲，到了这一瞬，蓦然回首，只看到一张张陌生的脸。

坐在我对面的是一个胖女孩，身旁放着一把吉他，我问她：你是学艺术的吗？

她笑笑说：这是我男朋友送给我的，是分手礼物。

我说：你会弹吗？

她摇摇头：我学不会，我喜欢弹吉他的男生。

手机铃声响起，电话那边传来我妈的声音：你在哪儿呢，怎么还不回家？

我说：我玩会儿再回去。

我妈训斥我说：你年纪也不小了，就不能找点儿正事做做，人家像你那么大的时候都有自己的一番事业了，你怎么那么不上进呢？

我嘶哑着说：嗯。

我妈叹了口气说：你早点回来吧，你爸托朋友给你安排了份工作，待遇还不错，你这几天好好拾掇下自己就去上班。

我挂掉电话，拿起那姑娘的吉他，调好音弹起来，我轻轻地哼唱：

有没有那么一张书签停止那一天

最单纯的笑脸和最美那一年

书包里面装满了蛋糕和汽水

双眼只有无猜和无邪让我们无法无天

周围的人纷纷盯着我，最后一个音符落下的时候响起了一片掌声，胖女孩含情脉脉地看着我，我把吉他还给了她。

火车停在一个小站，周围的人发出一阵惊呼，我看到站台的另一侧在放烟花，在黑夜里很放肆地开着，烟花放完的时候火车刚好开动，窗户反射出我苍白无比的脸。

很多年过去了，我依然能记起那一天的每一个细节、说过的每一句话，明明做了很多事、说了很多话，却还是感到无比孤独。

CHAPTER

04_

重拾翅膀

很多人都知道这样一句话：世界上有一种鸟，只有翅膀没有脚，它永远在空中飞翔，它一辈子只会落地一次，就是它死的时候。

大家看这句话一定都会觉得很俗套，那么，今天我给大家讲另外一种鸟。

小林是我的发小，我们从小在一个院子里长大，他有三个妹妹，一般在农村四五个孩子的家境都不会太好，他总是穿得破破烂烂，裤子上有很多补丁，那时候我们给他取了个外号，叫“破裤子”。那时候小孩子玩的东西还挺多，有玻璃球，收集游戏王的卡片，或者集体去游泳，小林要不就在家里做事，要不就是拿扫把扫地，要不就是在光地上看麦子。

那时候的小林沉默寡言，被他爸妈使唤的时候从不抱怨，有空闲时间的时候就坐在稻田旁发呆，落日沉下去的时候，他像一个孤独的稻草人。

到了初中，我是属于学一分玩九分那类人，回家都不带作业本。小林却不一样，他总是埋头在书桌前，做着一本又一本的黄冈试卷，有时候深更半夜了都能看见他的房里还亮着灯。

只可惜现实并不是励志故事，他的勤奋并没换来多大的成果，最后也只考上了一个普通的高中。

也就是那一年，我离开了爷爷奶奶所待的农村，随父母在城市里住下去，那时候我爸生意做得如日中天，所有亲戚朋友都奉承他，看到我基本上也是一副讨好的脸。我走的前几天，我爸在家请了很多人吃饭，其中也包括小林一家，吃完饭后我看到门外对着湖水发呆的小林，我就站在他旁边问他：你看什么呢？

他扭过头冲我笑笑，说：没什么，你说人的命运为什么会有这么大的区别呢？

我吃了一惊，这时候才发现小林并不是看上去的那样木讷，而是大智若愚。

我说：人的命运虽然千差万别，但是最后的终点都得靠自己改变，你觉得呢？

他平静地笑笑，对我说：你去那里后能帮我买几本书吗？镇上的书店没卖的。

我说：好，我到时候帮你去书店买。

我去了私立高中，学会了抽烟、上网、逃课、泡妞、打架，完全忘了这回事儿，半年后小林给我打了个电话，问起买书的事儿，我连忙答应第二天给他买，然后奔向了各大书店。

小林比较喜欢看外国的小说，比如《了不起的盖茨比》和《追忆似水年华》之类的，我买了后给他寄过去，花了大概一百二十块钱，之后他又打电话找我要地址，说把钱寄给我，我说不用了那么点儿钱，他很严肃地说一定要的。

暑假我又回老家玩了一趟，钓了几天鱼，那时候正在收麦子，我就看到小林戴着一个草帽，拿着把镰刀顶着大太阳收麦子，背上的汗把衣服沁湿了一大片，一刀一刀，佝偻着腰汗水全滴在土地里，一刀一刀，我却不由得觉得很汗颜，我也不知道为什么，那一刻我觉得命运是如此的残酷，想到那一刻我在城里的几个哥们儿肯定在吹着空调啃着雪糕，说不定还搂着漂亮的姑娘，而消瘦的小林只能拿着镰刀，在空阔的麦地里，一刀一刀，一刀一刀……

下午的时候他说要请我吃饭，我就先在他家里待着，我打量了下他的房间，他的房间有着少有的干净，书桌上面有着整齐的书籍，还有一些编程的书籍，墙上贴着各种有关成功人士的报纸，我笑着问：你还学编程啊？

他点点头，说：是啊，现在时代变了，学点电脑知识，没事的时候看看！说完腼腆地笑了，我不由得生出一些感伤，他的勤奋，把我衬托得一无是处！

晚上他拿回两条大鲤鱼，他很熟练地杀鱼，刮鳞，后来生火，一条煎了一条煮了。他的手依然很巧，不过半刻钟，一盘红烧鱼就出锅了，那道菜色香味俱全，我看着就食欲大动，他笑了下，又跑回去煮鱼，往锅里倒一些调料，不一会儿，阵阵清香就飘出来了，邻家的几个小孩子站在桌旁直咽口水，我不禁回想起我们从前那个时候吃叫花鸡的情景！

吃饭的时候他又拿出七八瓶啤酒，笑着说：我不会喝酒的，今天你回来了，我就舍命陪君子！

我笑着点点头，迫不及待地吃了一口，感觉这道鱼是我这辈子吃过的最好吃的鱼，很新鲜，同时鱼肉有点儿微焦，我连叹好吃，一下子吃了大半条，我们边吃鱼边喝酒边聊天。酒过三巡，小林跟我讲了些琐事，在高中有一个女孩蛮喜欢他的，可是他不想辜负父母的希望，只好把那女生拒之千里，还说这几天割麦子差点儿中暑，整个人都昏昏沉沉的，不过看见我回来了一下子就有了精神！

没多久我就回去了，读书上还是那么不上进，最后考了一个不好不坏的本科。打听到他没考上大学，想复读又被他父母一顿数落，最后去当兵了。

有一次我在大街上看到一幅漫画，名字叫《人生的起点》，画上画着两个要起跑的小孩子，一个坐在穿西装父母的豪车上，另一个肩膀上还拉着一对年老无力的父母。

那一刻我就想到了小林，想到他那平静又倔强的眼神。

大学读完的时候我找不到工作，整天待在家里吃闲饭，到了晚上又无头苍蝇似的在街上乱逛。那天晚上天还没黑，我正逛着突然肩膀就被重重地拍了下，一回头就是一张坚毅的脸，我认了半天才认出那是小林，他整个人结实了不少，眼神还是那么坚定，我们都一阵激动，去小饭馆喝了半宿。

我们互相倾诉了这些年的遭遇，他退伍回来本来被安排到一个商场当保安，后来某次一个小孩子过马路的时候跑跑跳跳，眼看就要被车子撞到他连忙冲过去一把把小孩子搂住，自己胳膊却被刮了一道口子，小孩子都被吓呆了，孩子他妈后来千谢万谢，打听了下他的情况，就给他找了另外一个工作。原来那小孩子是市里一个领导家的，所以他又被安排给那个领导开车，混得还不赖，没多久就转文职了，现在都当公务员了。

我们越喝越多，喝到后来老板几乎都要报警了我们才走。而后我们又聚过一次，我看到他女朋友了，白白净净的，一副听话的样子，他很开心，说：人的一生，本来就是要经历很多挫折的，你越抱怨，越让你觉得不平衡，所以我从不抱怨，命运给我什么我就接受什么，这是你给我买的书里写的！

我问：真的有这句话吗？

他说：嗯，其实还有另外一句话，老天为你做了很多，你为老天做过什么！

他又拍拍我的肩膀，笑着走远。

我冲他的背影笑笑，又小声嘟囔句：其实我也看过这本书！

这就是我要给大家讲的另外一种鸟。

它的名字叫作几维鸟，几维鸟的身材小而粗短，嘴长而尖，腿部强壮，羽毛细如丝发，由于翅膀退化而无法飞行。几维鸟性格温顺，却一直都渴望飞翔，所以它就用嘴衔着树枝在山崖边做着挡板，不分白天黑夜，从小到老它就一直单调重复地做着这件事，只为了等大风来的一瞬间，它欣喜地跳起来，顺着挡板一路滑翔。

在那一瞬间，它就流出了眼泪。

而现在，大风中，它又再次飞翔！

CHAPTER
05_

真不容易

堂弟在找了两个月工作无果后尝试了自杀，跑到天台上作势要往下跳。

亲人们劝了很久都没劝下来，我上去的时候看到他颤颤巍巍地扶着栏杆，无力地对着我们喊：你们别过来，过来我就跳下去。

我走近两步，问：你又发什么神经？你欠我的钱都还没还呢。

堂弟嘶哑着喉咙说：我下辈子还你。

我扶了扶额头，心想肥皂剧真他妈害人不浅。

我露出最善意的笑容对他说：咱们兄弟谈钱多伤感情啊，你说说什么事这么严重，是不是又失恋了？

堂弟挤出几滴泪，说：我找不到工作，亲戚都说我是个废人，我不想活了，生活真是太不容易了。

我冲过去扯住他的胳膊，一把把他拽下来，用力踹了他两脚，他捂着肚子说：哥，别打了，我不自杀了，别打了……

我扯住他的头发把他的脑袋提起来，说：你给我记住了，生活从来都不容易。

堂弟满眼疑惑地看着我。

是的，生活何曾容易过，你现在拿出手机去人流量高的地方拍一张照片，然后放大了就能看到，这个世界上到处是为生活奔波劳累的人。

昨天下班时看到一个大妈追着一辆车在马路上跑，听旁边人说是那辆车没交停车费直接开走了，大妈就在后面追了几分钟，不停地大声喊着等一下、等一下。马路上的车来来回回，危险的就像在拍成龙电影，但是大妈丝毫不觉，她只想要回那珍贵的十块钱，后来当然是没追上，大妈坐在地上破口大骂流着眼泪，周围的人指指点点，旁边的一个少妇对着小孩儿说：看到没有，要好好学习，不然以后就成那样了。

这，就是生活的不易。

晚上出去吃饭，旁边一桌人看样子就是小混混，每个人都剪着欠打的发型、文着可笑的文身，上菜的服务员手忙脚乱不小心把菜汤滴到了一个混混的袖子上，他回手就是一巴掌，服务员吓得发抖，那混混大叫把你们经理叫来，结果经理抱着息事宁人的态度把那服务员训了一顿，服务员是个三十几岁的女人，经理说要扣她工资的时候她身体一抖抬起头，眼中露出求饶的眼神，但是没有人在乎她的感受，混混说：下次长点儿眼。

吃完饭出门，我看到那个服务员在门外转角偷偷地抹眼泪，用袖子擦擦眼睛又拍拍自己的脸，好像在给自己加油。

这，就是生活的不易。

回去坐在公交车上看到最后一排有一对小情侣，看样子好像是在厂里做事的工人，女孩子累得睡着了，男孩子也很困，但是怕坐过站强忍着，他拿出一个袋子吃了一块饼干，后来看了看女孩子又把饼干塞到女孩包里，到了站的时候男孩把女孩叫醒，摇摇晃晃地下车，他们加班到十一点，就是为了那二十块钱，而那几块饼干，象征着心酸的爱情。

这，就是生活的不易。

公司里一个男孩子要搬家，理由是房租太贵了负担不起，于是搬到了郊区住着十几平米的房子，每天早上五点钟就得起床，每次吃午饭的时候他都趴在桌子上面睡觉。我们问他为什么不吃饭，他笑着说相比于食物他更需要睡眠，本来长得很精神的一个小伙子越来越瘦弱，后来在开会的时候昏过去了，大家送他去医院，他醒过来的第一句话是：我还没请假，别算我旷工啊。

这，就是生活的不易。

我认识这样一家子人，从云南大山里迁过来湖北，搬到我老家的村子里，男主人黑黑瘦瘦，但是很和气，乐于助人，谁家要帮忙就过去帮，但是因为他们是外地人，不受待见，帮了忙往往也讨不到好，给我的感觉就是那些排外的人把他当下人使唤。

女主人有点儿胖，不大爱说话，村里的女人喜欢欺负她，有事没事就当面指责她，她也不吭声，实在受不了就回家把门一关坐在床边不说话。

他们花尽了所有积蓄买了一个屋子，住进去的时候家徒四壁，连坐的凳子都没有，只能拿出几块破布铺在地上，所有的东西都需要慢慢置办。男主人做事很下力气，干完了农活就去周围的工厂打夜工，从晚上十点到早上六点半，一天也只有六十块钱，好在身体素质过硬，回去喝点酒睡一觉就能缓过来。

他们有三个孩子，每到农忙忙不过来的时候，那三个孩子就用力地拉着板车，板车上有一百多斤的麦子，最小的妹妹没有力气，哭着说：哥哥，我拉不动了。

大儿子回手就是一巴掌打在她头上：快点儿拉！

三个孩子在村里经常打架，原因无他，也是因为被嫌弃是外地人。成年人的恶延伸到了下一代，大儿子又不愿意受欺负，就把一个村里人的儿子的头打破了。

那天晚上那个村里人叫了一大群人堵在了男主人屋外，男主人唯唯诺诺地出来了，一大群人一拥而上，把男主人打得头破血流，丢下一句话：赔两千块钱，不然滚出这里。

两千块钱，几乎是他们半年的生活开支。

此后大儿子经常被男主人打，性子变得有点儿怪癖，不爱说话，遇到人就喜欢直勾勾地盯着你的眼睛，仿佛要把你的魂盯出来。

就这样过了两三年，生活终于好转了点，买了一台彩色电视机，那天晚上几个孩子笑个不停，仿佛得到了世间最好玩的玩具，目不转睛地盯着电视看到了深夜，看广告都看得津津有味。

穷人和富人之间隔着一道高墙，他们都不能理解墙那边的快乐和悲伤。

去年五月份，我突然接到一个电话，是男主人打过来的，他语气比较急，我听了大半天才听清楚意思，大儿子今年才十四岁，但是不想读书了，要去贵州的煤矿打工，一个人跑到武汉了，要我去武汉火车站送送他。我连忙过去，找了一个多小时才找到他，大儿子背着几个大包，坐在一张报纸上等车，火车还有一个多小时才来，在那一瞬间我好像看到了多年前的自己，只不过这孩子比那时的我还要狼狈。我把他拉起来问：你吃了饭没有？

他说吃了，然后扬扬手中的方便面。

我把他拉到一个饭馆，点了几个菜，但是他不吃，我说：吃点儿吧，坐火车到晚上挺饿的。

他低下头不说话，我明白了，他没有多的钱付饭钱，我说：你爸爸给了我钱让你吃饭的，吃吧。

他看了看我，又是那种直勾勾的眼神，确认了不是自己付钱后开始狼吞虎咽。我觉得有点儿心酸，他太瘦了，这么小的孩子要出去自己打工，他背的包加起来也许都比他重。

我说：你为什么不读书了？

他说因为家里穷，弟弟妹妹都上学了，爸爸每天都只能睡三个小时，他觉得他要为家里减轻点儿负担。

年后我回到老家，在镇上买了点纸钱回去祭祖，出镇往村里开的时候看到那家的二儿子和小女儿在路边走，二儿子提着两大袋子东西，感觉比较吃力，我把车停住冲他们说：我带你们回去。

那里离村子还有五里路，但是二儿子说：谢谢哥哥，不用了。

我说：没事儿，上车吧。

他们冲我笑笑，还是没有上车，一步一步地朝家里走去，两个瘦小的影子被拉得斜长，让我感触良多。

生活，从来都是不易的，那些像抓救命稻草一样努力生活的人随处可见，他们为了生活摒弃自尊，为了生活忍受苦难，为了生活甚至伤害自己的身体，也许他们也不明白生活的意义，他们心中的唯一想法就是活着，然后活好一点。

人生就是这样一段苦旅，我们都在艰难地往前走，我们也不知道什么时候能到终点，不知道前面有多少磨难，却一次次地催促自己前行，哪怕只剩下一口气，还是想往前走一步，再往前走一步，说不定就能看到那束漂亮的光了呢！

[THE FOURTH STATION]

第四站～～▼眼泪

CHAPTER
01_

安乐鸟

离开，就是抛弃厌恶的自己。

我认识一个朋友，家里很有钱，每次买 iPhone 就跟我们在街上买苹果一样，心情一好的时候就请我们去豪宴吃饭，心情不好的时候就会叫我们出来打牌，然后输点儿给我们，用他的话来说是散财买开心。他住在武汉市最豪华的小区，有着自己的游泳池和健身房，女朋友也是一个接着一个地换。

他爸和我爸是好朋友，我爸做生意的时候他爸还在卖水果，然后他爸找我爸借钱想搞工程，我爸借了十万。换作现在，十万也就是他爸吃一顿饭的钱，但是十几年前那可是一笔非常可观的数字了。他爸的存款成指数函数增长的时候我爸还是在做小生意，他爸还钱的时候要还二十万给我爸，我爸只要了十万，然后让他请我家吃了一顿饭，算是利息。

也就是因为有了房地产和工程队这种人，所以这个城市的房价才贵到了骂娘的程度。那时候开发一个小区只要几百万，但是炒着炒着就能炒到几千万，他爸曾经透露过他花四百万弄的一个别墅区，过了两年炒到了一点三个亿。对于房子，老百姓永远是诚惶诚恐，房子对于每个人都是一种安全感的存在，武汉市里永远有着那么一群人，他们啃着面包，节约着两块钱不肯坐公交车，但是他们都有着几十万的存款，就是为了买房。但是武汉的房价就如一列急速行驶的火车，无论你怎么追赶，都赶不上，好不容易买到了票，不好意思，人满了，你还是得等下一辆车。

我的那个朋友在他爸下面的一个房产销售中心当经理，每个星期上两天班，月薪一万五。他上班也是不务正业，去打个卡，然后陪几个姑娘聊聊天，到了饭点就回去吃饭，我们跟他出去玩的时候，他总是开着他爸的豪车，等红绿灯的时候看着路边的漂亮姑娘，大声问人家：上来不？

而那些姑娘，稍微有点儿汽车常识的，都会半推半就地上来。

然后，吃饭，买东西，开房，滚蛋，一次又一次地轮回。

我们都活在一个物欲横流的时代。

直到有一天，半夜三点钟，他打电话要我出来，我以为他又要喝酒，我就说我都睡着了，他声音低沉地说：就聊聊天，不喝酒。

那天北风呼啸，武汉是个怪异的城市，曾经有一个星期，星期一是三十八度多，新闻说是八十年来同季度最高温，但到了星期四只有十一度，新闻又说是八十年来同季度最低温，所以钢铁是怎样炼成的，武汉人民就是怎么炼成的。那天晚上冷得发抖，我坐上他的车后他不说话，把车开到了长江边上，他对我说：我不想活了。

我不屑一顾，我以为他又被哪个姑娘甩了，我说：你女朋友不是多得是吗？

他一根接着一根地抽烟，跟平常判若两人，他给我讲了一些童年的琐事。

那时候他家卖水果，他爸每次进货的时候是早上五六点，每次都带着他一起，五六点是人困意最浓的时候，他当然是不情不愿地起床。所有的事情忙完后大概七点，他爸就习惯性地给他买两个天津包子，不多不少，刚好两个，热气腾腾的包子不到一分钟就能被他吃完，而且吃了几个月都没腻过。

不多不少，刚好两个。

他爸发财了以后，带他吃过无数美味，用他的话说就是除了人什么都吃过，但是那种味道，再也没出现过。

他不甘心，又去那家店买了很多一样的包子回去吃，吃了几个就吐了。

他抬起头悲伤地看着窗外，低声说：所以吃包子，只能吃两个，不能多，也不能少；只能在早上七点，不能迟，也不能早。

我知道他想要说的事情了，但是我还是一个劲地劝他，劝他好好生活，好好奋斗。

我们所处的世界，人们的一切工作都是为了创造价值，也就是为了钱，但是他已经不需要更多的钱了。所以，他感觉他被这个社会遗弃了。

再后来他不上班了，开始满世界地游玩，去过很多地方，拍过很多风景，遇到过很多人，回来的时候我以为他会改变很大。可是生活毕竟不是电视剧，他的生活依然没有改变。

他本可以活得很快乐，但是，无奈他不是个安分的“富二代”。

他苦恼地问我：怎么样我才能改变？

我说：也许当你什么都没有的时候你才能改变吧。

他毫不犹豫地辞职了，找了份普通的工作，和我到一个地方上班，每天还要挤公交车，吃着三块钱一碗的热干面，喝着一块五一杯的豆浆，晚上八点有时候还要加班，对每个同事都很和气，有时候休假会和我们一起去钓鱼。那段时间他每天都绽放着年轻人该有的笑容，他总是干劲十足，总是充满希望。

可是他妈觉得他那样是堕落，像宫廷剧那样出了很多损招又让他回去了。

他妈居然觉得我们这种生活方式是堕落！

他回到了原点，又开始放荡不羁。

每个月都会有几个姑娘来逼他结婚，有时候心情好他会跟人家好好说，把人家送回去，心情不好就拿出钱砸过去：滚！

我还是过着自己的生活，乐于平凡，写点东西，弹下吉他，周六日回家，和爸妈聊聊天，上班时想法子加工资，下班后找同事打桌球，遇到喜欢的姑娘还是会去黏，也会在心情不好的时候去网吧玩游戏。

我们的生活慢慢失去了交集，他的那条线高高在上，看不到终点在哪里；我的这条线十分平稳，一眼就能望到头。

我发现我已经很长时间没有听到他的消息了。

直到一天晚上，他给我发了个短信：再见，朋友。

可恨的是那天晚上我喝醉了，没能看到他的短信。

有时候我的脑海中都能想象出那个场景，他坐在天台上，看着楼下的刹那芳华，看着这个好像与自己无关的世界，平静地拿出手机，慢慢对着每个亲朋好友告别，缓缓站起来，一跃而下。

我很多同事都不能理解他的死，以为他是得了什么神经病，或者感情遇到不顺，不然那么有钱，死了干吗，活着多享福啊。

只有我知道，他是被撑死的。

他只适合两个包子，他爸却给了他几百个，强迫他吃完，所以他死了。

但我永远怀念他。

CHAPTER 02_

齿少气锐

三条不是一张麻将牌，而是我的一位同学。入学第一天集合报到的时候在操场列队，三条像喝醉了酒一样晃来晃去，我问：哥们儿，你没事吧？

他说：没事儿，玩了两个通宵，困死我了。

进班的时候他一脚踩空摔了个狗吃屎，引起全班同学哄然大笑，班主任看到他就把头摇得和拨浪鼓似的。

三条之所以叫三条是因为他酷爱赌博，而且口袋里有一张三条的麻将牌，一有时间就呼三喝四地到寝室把桌子一拼，扑克往桌子上一摔，说：都来咯、都来咯，斗地主、炸金花、斗牛都可以。

就是因为有了他，我们的寝室经常是脏、乱、差，每天早上一起床就能看到一堆烟头和吃剩的东西，到了夏天特别招苍蝇，寝室长就劝他：下次你打牌能不能去别的寝室打，我们已经好多天没睡好觉了。

三条连忙说：好好，下次一定注意。

结果一到晚上，还是在我们寝室聚着，寝室长脸一阴想发火，三条却提上来一大堆烤串，分给寝室兄弟吃，然后跟牌友说：打牌小点声音，妈的，每次一拿好牌就激动得跟看 A 片似的。

三条个子不高，长得倒是十分秀气，白白净净的看着挺顺眼，在班上人缘不错，每次答到都有人帮他顶着，成绩总是在班上末流，但是能及格他就很满意了。有一次三条心血来潮去上专业课，谁知道那老师对他说：同学，你不是这个班的吧？

大家都憋着笑，三条却镇定地说：不好意思老师，走错教室了。

然后在背后冲着我们做了个下流的手势，带着微笑离开，此后翘课翘得更离谱了。

一到月底三条就穷得叮当响，到处找别人借钱，有的嫌他烦不理他，有的觉得他可怜就借个三五十给他，我每次都会借给他，因为他的信用很好，说好什么时候还钱绝对不超过一天，用不着催债，而且还钱的时候往往会递给我一包烟，说：谢啦，哥们儿。

后来三条又迷上了打游戏，在网吧一待就是几宿，回来的时候倒床就睡，往往是我们上课的时候他回寝室睡觉，我们自习完回来他刚好出门。三条玩游戏很有天赋，网吧经常搞比赛——得了名次可以送网费，三条基本上都是第一。他打游戏的时候喜欢蹲在椅子上，嚼着槟榔，一到关键时候就满头大汗鼠标狂点，就像一个癫痫病人。

但是就是这样一个人，居然是我们寝室最先谈恋爱的。他女朋友叫琴琴，是学艺术的，肤白貌美、身材苗条，穿上高跟鞋三条只够得上她的肩膀。更加气人的是这姑娘对他百依百顺，还给他钱花，有了这姑娘三条月底都不需要找我们借钱了。三条成了我们寝室最干净的人，每个星期五就提着一堆脏衣服到楼下，琴琴就冲他笑笑，然后把衣服拿到女生寝室去洗。

三条玩性不改，只不过通宵的时候琴琴就在旁边陪着他，看着他玩游戏给他买饮料，三条说：你回去吧，寝室快关门了。

琴琴说：我陪陪你，我晚上也不回去了。

三条就扭过头亲亲她，然后继续玩游戏。

网吧里混浊的空气里，琴琴却觉得甜蜜蜜。

就这样厮混了一年多，三条又急匆匆地找我来借钱，而且开口就是三千，那时候我的一个月生活费才一千，我说：三条，我哪有这么多钱？

三条急得满头大汗，说：你想想办法，我有急用。

我说：怎么了？

他支支吾吾半天，说他把琴琴的肚子搞大了，当时我一听头就大了，他就软磨硬泡，说急了还给我跪下了，说我一定得救他。我无奈只能找以前的哥们儿借钱，几天后把钱给他了，三条那刻很感动，他接过钱说：你这个兄弟我交定了，以后有什么事跟我说，就算拼命我也帮你办了。

我呵呵一笑，心想，你港台剧看多了吧。

那时候已经快毕业了，大家都像无头苍蝇一样到处找工作，三条的毕业论文还一个字都没动，带琴琴堕胎后住到一个小旅馆，琴琴说：你给我倒杯热水。

三条就找了个杯子，下楼去老板那儿接了杯开水，琴琴手有点儿发抖，喝完一口说：三条，我要和你分手。

三条说：等你身体好点再说，你想吃什么我下去给你买。

琴琴说：我什么都不想吃，我看见你就恶心，你离我远点。

三条坐在地上，痴痴地看着那姑娘。

琴琴抹抹眼睛，说：你别这样看着我，当时和你好时我就知道你是这样一个人，整天游手好闲，学习不认真，做事也从来不用心，这些我都认了，谁让我爱上你了呢。但是今天我才发现，你根本就不在乎我，我去做手术的时候你还在外面用手机玩游戏，那时候我就明白了，这辈子是不能指望你了，我要迷途知返。

三条解释：我是想上网查东西来着，我的论文到现在还一个字都还没写呢，我……

琴琴转过身不去看他，说：你走吧，明天我自己回学校。

三条说：我不打扰你，明天我送你回学校后就再也不烦你了。

琴琴不理他，把头埋在被子里，过了几个小时，三条还是在地上坐着，也没玩手机，不知道在想什么，姑娘叹了口气，说：你到床上来吧。

三条就上了床，姑娘就抱住他的腰，眼泪全砸在他的衬衣上。

回到学校后临近毕业答辩，他的指导老师打电话问他毕业论文的事，他说：我还没写。

老师深吸一口气，说：那你就甭指望拿毕业证了。

大家答辩后欢天喜地地去拍毕业照、吃散伙饭，只有三条一言不发，沉默得像一个陌生人。大家轮流敬酒，三条直直地走到我面前，说：咱们两个喝一个吧。

我说好，然后和他干了一杯，酒可真辣，他说：钱我找到工作后还你。

我拍拍他的肩膀，说：没关系，赚到了就还我，没赚到拖段时间也没事。

他嘴一咧，就哭了起来，大家全部都围过来，说：怎么啦，怎么啦？

我说：没事没事，今天气氛有点儿感伤。

三条却缓了过来，一个一个地找同学喝酒，去厕所吐了一次又一次。

散伙的时候三条对我说：知不知道为什么我总是带着一张三条？

我说：为什么？

他说：因为我从小就想当飞行员，你不觉得它看起来很像飞机吗？

说完掏出那张牌放在桌子上哈哈大笑，我一扭头，看到门口一个熟悉的身影一闪而过。

离校那天，三条背着大包小包，杂乱的头发遮住半张脸，一步步地向外走，好像很疲惫的样子，一个女孩指着他说：看到那个人没有，样子好怪哦。

旁边的男孩嗤笑一声，说：他好像一条狗哎。

五年后，大家聚了一次会，天南海北的同学都来了，但是没见到三条的身影。

有的抱着孩子，有的剃了光头，大家谈及大学的事情还会哈哈大笑。聚会结束后我醉醺醺地往酒店走，一个女人拦住了我，她说：你是不是那个借了三条三千块钱的同学？

我用力揉揉眼，发现她就是当年读书那会儿三条的女朋友琴琴。琴琴还是那么漂亮，就是脸色有点儿苍白，想起来当初那钱就是借给他们堕胎用的，我点点头：三条人呢？

她从包里拿出一沓钱递到我手上，说：谢谢你。

然后她扭头就走，我一把拉住她的袖子，说：等等，三条为什么要你来还钱，他人呢？

琴琴说：他……死了。

我愣在原地，九月份的深夜却觉得如坠冰窟。

毕业后三条找了很多工作，都觉得不满意，最后干了销售，因为能说会道加上吃喝嫖赌样样精通，一年就当上了销售经理。那时候的他穿上了昂贵的西服，挺着一个啤酒肚在这个城市东奔西跑，赚了一点儿钱，隔三岔五地就想去找琴琴复合，琴琴当时已经有了新男朋友，就对三条说要他死了这份心，别癞蛤蟆想吃回头肉，三条把他们约出来吃了一顿饭。

当时三条点了十个人都吃不完的菜摆满了桌子，琴琴的现任男友是个文质彬彬戴眼镜的书生，三条拍了拍他的肩膀说：哥们儿，咱们喝一个。

书生说：我不会喝酒。

三条笑了下说：不会喝酒算什么男人，没事的，我们喝好不喝醉。

书生说：真不会喝酒，没喝过。

三条不由分说地给他把酒满上，那书生瞟了琴琴一眼，琴琴若无其事地吃着菜，书生就鼓足了勇气和三条干了一杯。

此后三条发挥了他的业务能力无所不用其极地劝酒，把那书生喝得去厕所吐了几回，奄奄一息地倒在椅子上，三条过去亲热地拉着他说：你是不是真的喜欢琴琴？

书生的嘴巴像含了个萝卜似的，说：喜……喜欢。

三条问：喜欢她哪点儿？

书生说：她……长得，长得漂亮。

三条坏笑了下，说：对，她长得确实漂亮，身材很好。

琴琴恼怒地瞪了三条一眼，三条视若无睹。那书生是真喝大了，居然接了句：对，她屁股大，是生儿子的料。

琴琴猛地站起来，端起桌上的两杯水泼在他们的脸上，拿上包怒气冲冲地走了。三条连忙追上去，拉住她，琴琴红着脸骂：你有病吧？

三条说：你看见了吧，那家伙不是什么好人。

琴琴说：他不是好人那你就是了？

三条说：我当然也不是什么好人，不过非要矮子里面拔高个儿，我比他还是好多了。

琴琴鄙视地看着他：你长得就够矮了，还怎么拔高个儿？

三条深吸一口气说：你以前嫌我做事不用心、不务正业、整天贪玩，现在我都改啦，我觉得你要改正对我的看法，抛却那些历史问题，走向光明的未来。

琴琴嗤笑了一声：“马哲”考十分的人现在跟我谈历史问题。

三条说：好吧，就算你对我绝望了，也要找个条件稍微好点的人，屋里那个衣冠禽兽你是不能和他再接触了。

琴琴懒得理他，拦了个计程车就回家了。

其实三条在他们公司也挺有女人缘的，有几个小妹妹都主动约他吃饭，觉得他谈吐风趣很好玩，但是他都拒绝了，他的口头禅是：哥的心里有座坟，一直住着未亡人。

琴琴知道了后大怒，觉得三条是在变相地咒她，更加不理睬三条了。

有一次三条喝大了，跑到琴琴楼下大喊大叫，琴琴穿着睡衣怒气冲冲地跑下来，对着三条说：你又发什么神经？

三条冲琴琴哈了口气，琴琴一阵眩晕觉得自己快醉了，说：你喝了多少酒？

三条唱着：酒？九妹九妹可爱的妹妹……

琴琴踢了他一脚，说：别在我这儿演苦肉计，没用，你到底想干吗？

三条又唱：你是我天边最美的云彩，让我用心把你留下来，留下来。

琴琴转身上楼，听到身后砰的一声，三条摔在旁边的花坛上，脑袋磕在瓷砖上，流了一大摊血，琴琴又急又怒，连忙打电话叫救护车。

琴琴在医院照顾了他两天，等他恢复得差不多了，琴琴说：

你能不能别骚扰我了？

三条说：不能！

琴琴叹了口气说：我们真的没可能了，我觉得吧，即使大家分开，也要给对方基本的尊重。

三条垂头丧气地看着地板，然后问：你是说真的吗？

琴琴点了点头就头也不回地走了，在那一瞬，三条做出了一个重大的决定，辞职回家乡自己创业。离开的那天晚上，他给琴琴发了条短信，让她等几年，等他混得功成名就了回来娶她。遗憾的是琴琴恰巧那天手机摔坏了，看到那条短信的时候三条已经离开了这个城市。

而令他们想不到的是，那是他们最后一次见面的机会。

此后琴琴一直没有谈恋爱，也一直没有收到三条的消息。直到两个月前，琴琴收到了一个包裹，里面有一封信和几张银行卡，是三条寄过来的。三条在信上说他已经赚够了钱，过几天就过来和琴琴结婚，还要她帮着把以前欠同学的钱还了。

琴琴蹦蹦跳跳地去银行卡查了查账，被那些数字吓傻了眼。

可是三条开车过来的途中，因为疲劳驾驶，出了车祸。我最有个性的一个朋友，就这样成了孤魂野鬼。我猜测，他的灵魂也许还在天空中奔跑，想着快点儿见到那个心爱的女孩。

琴琴低声诉说完这些后，递给我一个东西，说：这也是他要我给你的。

我打开一看，是一张麻将。

我面前好像出现了一张脸，他笑嘻嘻地说：你不觉得它很像飞机吗？

不知不觉地，眼睛就模糊成了一片。

CHAPTER

03_

武汉 今夜无雪

1

/

武汉每年都下雪，可是今年到现在还没有下。

林白每年下雪的时候都会送我一条围巾，可是今年没有。

我们相识八年，大学的时候林白学习不大好，却还是很努力；我不愿意去听课，却还是能拿奖学金。

她羡慕我的天分，我感慨她的认真。

是我主动追的她，那时候的她年轻漂亮，皮肤白皙，笑起来有虎牙，夏天的时候爱穿白裙子，冬天的时候爱系红围巾。

那时候的我也算有点儿小才华，会弹吉他、会写东西，最要命的是我还精通高等代数和微积分，在女生心里面我也算怪物类的存在。

她经常主动找我问题目，我不到三分钟就能给她解出来。

我笑着说：你是不是该报答我？

然后她的书包就甩在我的头上。

我痛得跳起来，我说：你干吗啊？

她露出虎牙：你不是要我暴打你吗？

一个风和日丽的下午她凑到我身边，问我：我要去看电影，多一张票。

然后很可爱地用肩膀抵抵我。

开场前我买了很多零食，她倒是很不客气，伸手在我的包里掏来掏去。

我说：女侠，你是不是该给我留点儿？

然后她就拿出一颗巧克力塞到我嘴巴里。

很甜，就像恋爱的味道。

林白是个很大方的姑娘，从来都不矫情，这点从告白的时候就可以看出来。

那天是黄昏，金色的光闪在她的脸上，我觉得她特别漂亮，于是我说：林白，你觉得我这个人怎么样？

她咬着棒棒糖，说：凑合，怎么问这个？

我说：那我们在一起吧。

这招是我跟着寝室的“情圣”学来的，他说告白的时候千万不要用设问句，要用祈使句或者命令句，可以增强自己的气势，显得很男人。他还告诉我用这招可能会有副作用，就是对方可能会用一种看神经病的眼神盯着你，然后回你一句：你神经病啊。

林白沉默了几秒钟，我的手心出了汗，同时往后退了一步，因为林白的力气很大，上次一书包砸在我头上差点儿把我砸歇菜了。寝室的“武圣”告诉我，站位在三步左右，是安全距离，打不过的话也可以跑。

然后林白就说了句：好啊，但是你要保证对我好，要写契约书。

我愣了会儿，说：好。

她就坏笑了下，然后拉着我的手跑去教室，拿出钢笔和白纸，一副考英语四级的样子。

再后来，我们就一起吃饭，一起上课，一起看电影，一起吃火锅。

冬天的时候我一般穿得很少，经常是一件 T 恤加上一件羽绒服，那时候林白穿得就像个白粽子，她问我：你不冷吗？

我说：纯爷们儿绝不怕冷。

她看着我那样笑得东倒西歪，第二天就送我一条围巾，是以纯的黑色围巾，说实话我不是很喜欢，也不忍拂她好意，就每次和她吃饭的时候戴一下，到了寝室就甩在床上。

我们第一次接吻的时候是一个雪天，那天特别冷，林白的脸都冻红了，我说：这天气真是太恶劣了，要不我们相拥取暖吧。

然后林白的眼睛就弯了起来。

她的眼睛会笑，弯成一道彩虹。

林白身上有一股香味，她把头埋在我的羽绒服里，然后把冰冷的小手伸到我的腰上，凉得我差点儿跳起来。

我说：你别耍流氓啊。

她一副不怕你的样子看着我。

然后我就吻了上去，她的嘴巴甜甜的，吻完后她的脸更红了，我们瞎侃几句各自回了寝室。

晚上十一点的时候她给我打电话，说那是她的初吻。

说实话我有点儿不信，因为林白长得很漂亮，如果是在我们高中不知道要引来多少虎狼，不会保存这么原生态的风景。

我依然很高兴，哪怕她在骗我。

到了夏天的时候我和寝室的“商圣”一起做小生意，进了一批雪糕蹲在过道上叫卖，看起来特别像“三无”人员。

这时候林白走了过去，我拉住林白，说：美女，你叫什么名字？

她笑了下，说：我为什么要告诉你？

我说：那这样，你亲我一下我就请你吃雪糕。

然后林白就故作犹豫地想了会儿，接着“啪嗒”一下亲在我的脸上，然后拿着雪糕蹦蹦跳跳地走远。我旁边的小贩都用瞻仰的眼神看着我，估计是头一次看到这么泡妞的。

直到后来分开的时候，我对林白说的最后一句话是：三年之后又三年，我们不如不见。

而林白写给我的最后一条短信是：有生之年遇见你，竟花光我所有运气。

考完四级那天晚上我们寝室的人聚在一起喝多了，除了“酒圣”大家都认不清人了。林白扶着我往回走，我把她的腰拦住转弯，走向了旁边的小旅馆。

酒壮人胆，平常我还真干不出这事儿。

好在林白没有抵触，乖乖地陪我上去，比较尴尬的是我的钱都花光了，开房的钱都是林白出的，上楼的时候旅馆老板用一种敬仰的眼神目送我。

一进门我就趴在床上，林白特幽默地说了句：以前你请我吃饭，现在我请你睡觉，我还算够意思吧。

我被她逗乐了，然后把她扑倒了。

事情完后我问她：感觉怎么样？

她说：不怎么样。

这让我顿感自卑，她去洗澡了我才看到床上的落红，才知道她没有骗我，我真的是她的初恋。

我们搂在一起聊天，我说：我们以后要经常出来开房，省多少电话费啊。

她用指头戳着我的眉毛，说：小气鬼。

第二天走出旅馆的时候，阳光洒满大街，我想起了那首诗。

你来到这世上

你要看看太阳

牵着心爱的人

大步走在街上

大二的时候我带了笔记本，那时候寝室就像个微型网吧，早上八点的时候寝室的“玩圣”就拉着尖锐的嗓音吼着：孩儿们，起来耍了！

那时候我非常邋遢，有时候几天不洗澡，一副藤野先生的感觉。

林白忍不住批评了我：你是不是该好好捯饬下自己了，再这样我只能买瓶杀菌剂往你身上喷了。

我说：好啊，毒死我了，你就当寡妇吧。

然后林白就用拳头打我。

再后来，林白就帮我洗外套和牛仔裤，一洗，就是六年。

2
/

分手后，林白很长时间没有联系我，那个时候她一直在考研，而我一直在漫无目的地找工作。其实忙碌也挺好的，至少没有时间可以伤心。

有一天晚上我喝得大醉，拿出手机胡乱地拨出几个数字，几秒钟后她就接听了。

她的号码没有被我存在通信录里，而是在我的心里。

她说：我一直在等你的电话。

我想了十万个她的开场白，想着她会冷漠地问：你在干吗？

或许她会很不耐烦地说：你有事儿吗？

又或者是她愤怒地说：你不要再联系我了。

这句话让我瞬间瓦解了，我说：我喝多了，有点儿想你。

她说：你现在在哪儿？

林白的声音一直甜甜的，所以恋爱的时候她发火都会被我误认为撒娇。

我说了地址，十几分钟后她出现在我的面前。她还是围着红围巾，头发留长了的她看起来很温婉，她说：你怎么喝这么多？

我说：怎么样，考研准备得差不多了吧？

她说：就那样，考不上我就去嫁人。

我说：你敢！

她又笑了，酒窝还是那么可爱，她说：我学习不行的，你知道的。

很长一段时间的沉默。

我掏出烟盒，发现没烟了，她从包里掏出半盒烟递给我，我有点儿郁闷，说：你变坏了。

她说：这是分手的时候你留在我包里的。

我看了看，还真是。

我们绕着球场走了一圈，冷风让我清醒了不少，有些话你在心里准备了一万遍，但是到嘴边还是一个字都吐不出来。幸运的是，即使你一个字都不说，她也能体会你心里的所有语言。

我鼓足勇气，支支吾吾地说：要不，我们相拥取暖吧，天气挺冷的。

她愣了一会儿，然后张开双臂说：最后一次哦。

抱住她的时候我很想哭泣，她的体温是如此的熟悉。原来不是每一次的对不起，都可以换来没关系。

我把她送回家，上楼前她依然从包里拿出一条围巾送给我，是 GXG 的限量版，她帮我系好，说：其实我知道的，你一直都不喜欢系围巾。

那一年，是三年前。

而后，她考上了研究生，我去了另外一个城市。

我会在上班的时候偷偷看她的微博和空间，她剪了头发，她弄花了指甲，她吃了烤鸭，她笑哈哈。

我们很长时间没通电话，我经常在夜里忍不住拨她的号码，但却没有勇气按下那个拨号键。

办公室有个小姑娘初来乍到，经常做错事被主管骂得泪光闪闪，在这个人情冷漠的社会只有我愿意帮她。也没有其他原因，我刚来的时候也是一样，有本书里说得很对，只有你感同身受，才能有怜悯之心。

过圣诞的时候她递给我一个苹果，笑着说：多谢你啦师兄，要不是你，我肯定被他们蹂躏死了。

她笑起来也有虎牙，也很漂亮。

下班的时候收到一个快递，我打开后是一条围巾，淡蓝色的，包裹里一张信纸上写着：虽然你去的那个城市很温暖，但是我还是想给你寄一条。

那一刻，我特别想念林白，我从来都没有给她什么礼物。

过完节后，小姑娘居然当众向我表白了，完全让我措手不及，开早会交流的时候她突然说：师兄，我喜欢你很久了。

同事纷纷起哄，我面红耳赤。

而后我们很尴尬地相处了一段时间，那段时间表面上我们像正常情侣一样吃饭、看电影、玩过山车，我总是处心积虑地讲笑话逗她笑，我只是喜欢她的笑容而已。

她的身上也很香，却是刺鼻的香水味，所以我们很少拥抱。

偶然的一次，她看到了我胳膊上的文身，她问我那几个字母是什么意思，我坦白地和她讲了。她有点儿生气，要我把文身洗掉，我不想去，两个人吵了一架。过了三天她来找我和好，说她有点儿小心眼儿，但是我还是应该把文身洗掉，我失控了，我吼着：要洗你自己去洗，滚。

那天后小姑娘辞职了，再也没联系我。

过了段时间我回到了武汉。武汉还是那样，吵闹，喧嚣，充斥着不耐烦和荷尔蒙，酒吧里随处的艳遇，少之又少的纯真。

我很想给林白一个惊喜，所以我放下行李就飞奔去她的学校，我想对她说：我回来了林白；我想对她说：林白，我们和好吧，我再也不那样对你了；我想对她说：你虽然很矫情，但是我是真的爱你。

可是见到她的瞬间，我还是一个字都说不出来。

因为她挽着另外一个男人的手，那个男人眉清目秀，应该比我会讲笑话，因为林白笑得是那么开心。

你做了一个美梦，所以你不愿意醒来。

但是现实总会给你一巴掌，把你硬生生打醒。

我又喝醉了，醉倒在林白的家门口，我抱着一棵树，我突然知道了林白身上的香味是怎么来的，因为这棵树上也有那种味道。

林白回家的时候吓了一跳，她连忙把我扶起来，说：你回来了怎么不和我说一声，怎么搞成这样？

我突然大力抓住她，她尖叫了下。

我扯开她的大衣，抓住她的手，把她的袖子往上撸。

她一边挣扎一边说：你疯了吗？

我不说话，后来她的毛衣袖子都被我扯坏了，我看到她白皙的胳膊上面空无一物，那里，本来应该是我的名字。

我说：你为什么要洗掉？

她有点儿愤怒，眼圈红红的，说：洗掉什么？

我心灰意冷地坐在地上，拿出烟，眼泪却大滴大滴地掉在地上。

我一个哥们儿过来接我，把我送了回去，我看到林白委屈地看着我，我心想你委屈个什么劲儿，该委屈的那个人是我。

又是一年，林白研究生读完，和广州的一个公司签了三方，走的时候给我打电话，她的声音还是那么甜，她说：要不你来送送我吧，也许是最后一面了呢。

我说：还是算了吧，我挺忙的，祝你一路顺风吧。

林白叹了一口气，就如我们分手时那样。

挂完电话后我去了文身店，老板留着长发和络腮胡子，他说：文身挺漂亮的，洗掉有点儿可惜了。

我把胳膊对着小镜子看了看，猛地跳了起来。

林白的文身在左手，而我那天扯坏的好像是她右手的袖子。

我拿起电话打给林白，可是对方已经关机了，我飙车去机场，飞机早已起飞。

武汉的天空，从那时起就一直昏昏沉沉。

那天后，我的手机二十四小时开机，我怕有短信收不到。

那天后，只要不太热，我总是系着围巾，养成了一个习惯，只要开心或者不开心，我就把围巾轻轻拉紧一点。

那天后，我一直在等下雪，虽然到现在，武汉依然无雪无晴无悲喜。

CHAPTER 04_

踹开天堂之门

上学时期，我觉得全世界最傻的一件事就是军训，一大帮子精力充沛的青少年啥事不干，在九月份大中午晒太阳，还不准叫苦。

所以每次军训我都懒得去，各种耍赖。

毕业以后，我觉得全世界更傻的一件事就是聚会，一个个本来混得半人半狗的非要装成人模狗样的，开口赚钱闭口生意，其实就是在外地摆摊卖零食的，大家心知肚明，还不能揭穿。

所以每次聚会我都不想去，各种推托。

但是今年不一样了，我们高中寝室的兄弟们全部回来了，要聚聚，我们定在大年初二，因为几个哥们儿过几天就出发了，要把时间腾出来。

我非常喜欢这样的聚会，因为聚会最好就不要带女人。

带了女人一般聚会就慢慢变成比较大赛了，抽的全是好烟，穿的全是名牌，一出门口就摸着钱包心疼，何苦呢。

那天我去得很早，大家都变了模样，有的变胖了，有的变壮了，有的胡子拉碴，有的都开始谢顶了。环顾下发现好像只有自己没怎么改变，就是把非主流的刘海改成了现在的板寸，不然看起来还像个高中生。

大家在一起相谈甚欢，谈的都是高中时候的趣事，比如某某暗恋老师啊，某某偷看女澡堂啊，某某翻墙摔断腿啊，往往引起大家哄笑。

大家从中午喝到下午，后来都喝大了，成群结队地上厕所。

后来大家都不喝了，坐在沙发上瞎扯，我们以前的寝室长问我们：你们觉得这些年最大的收获是什么？

我们一阵哄笑，说：又开座谈会。

寝室长说：开座谈会容易吗？下次这么多人在一起开座谈会，还不知道是多少年后呢？

大家就一阵沉默。

确实，以前高中的时候每次熄灯后大家都胡吹瞎侃，往往被巡逻的老师抓个正着。毕业后大家各自奔波，最远的都飞到洛杉矶去了，再像这样聚一次，实在是不容易。

然后大家就说了，有的说：收获了一份不错的工作。

有的说：一份婚姻和一个值得爱的姑娘。

有的说：一些够用的钱和一些滥用的时间。

后来轮到我了，我哑口无言，酝酿了半晌才说：我好像真没收获到什么，我依然一无所有，除了一些愉快的回忆。

说完大家纷纷对我竖起中指，我自觉羞愧，就喝了一杯。

直到最后一个，暂时称为 A，平时在寝室不大说话，但是出口就会有金句，他却缓缓地说了句：我收获了一麻袋的孤独。

大家全部石化了，觉得这厮是不是文艺片看多了？

然后大家都用一副吃了屎的表情看着他，他却站起来说：你们不信是吧，这样，你们都说说自己最孤独的时候，谁能超过我，我就把这些全喝了。

说完他在桌子上倒了八杯酒，每一个杯子都大得吓人。

游戏就是这么开始的，一大群纯爷们儿谈孤独，诡异且可笑，但是大家还是开始讲述起来。

长相憨厚的 B 说：那我先说吧，我刚开始读大学时不务正业，每天就知道玩游戏，那时候真是疯了，没日没夜地玩。我们寝室都受了我的传染，一寝室人都开始打游戏，玩魔兽世界、打副本，组队去打 dota，那时候大家经常玩到两三点，饿了就用一个电饭锅煮方便面吃，一大群人抢着一小锅面，往往连汤都不剩。我们玩什么游戏都很厉害，在网吧和别院里的人打比赛，直接把人家打到投降，为了庆祝我们还让人家签了份投降书，那时候还真是挺二的。直到有一天，我打游戏打出一个极品装备，我大笑大叫要他们过来膜拜，一转身，只看到空荡荡的寝室和几块惨白的床板，他们已经离校几天了，我是毕业最后离开寝室的，我永远都忘不了那一天。

B的眼眶有点儿泛红，然后端起面前的杯子一口喝完，对A说：怎么着？

A拍拍他的肩膀，然后把桌子上的酒喝了一杯。

这时候开始发福的C也说了：我上初中的时候家里穷，要走很远才能走到镇上的中学，我爸只在开学的时候送过我一次，每个星期只给我五块钱零花钱，那时候回家的车票就是三块钱，所以我根本就没钱坐车回去。还记得我第一次周末放假从学校回去的时候，我凭着印象顺着公路往回走，放学的时候是六点半，我背着书包慢慢走，谁知道走到了九点半天已经黑透了我还没走到。那时候公路上还没有路灯，那天的天气非常恶劣，冷风不停地刮来刮去，我祈祷着别下雨，可是越怕鬼越见鬼，不一会儿就下起了暴雨。我只能跑到一棵树下躲雨，又怕被雷劈，哈哈，总觉得物理书上写得很恐怖。好在我差点儿被冻死的时候遇到了一个开面包车的师傅，看见我可怜问我住哪儿，我说了后他才把我送回去，他说我走错了路，都快走到另一个县了。那件事给我的后遗症就是现在一到雨天，哪怕我全身都在被子里，都会浑身发冷，好像还在树下躲雨一样。

C勉强笑笑，说：我其实也难以理解孤独的含义，但是我想，那就是我最孤独的时刻吧。

A冲他笑笑，然后又喝了一杯酒，抬头看着我们。

这时候有点儿发福的D咳了咳，开了口：我爸妈常年在外面做生意，一年也回不了几次家。有一年除夕，万家灯火齐明，大家都在开开心心地吃年夜饭，我一个人在家开了所有的灯，把电脑音箱弄到最大，还故作一副手舞足蹈的表情，饿了后自己煮了几个饺子。刚吃完楼上的一个老太太就来敲我家的门，开门后要我把音箱开小点说打扰他们看春晚了，我连忙把音箱关小了，老太太又问我怎么一个人在家，我就说我爸妈去澡堂洗澡了一会儿就回来。老太太也不知道信了没有，叹了一口气就走了。后来我实在是受不了了，就去网吧打游戏，那天整个网吧就两三个人，我闷着头玩游戏，这时候有个人拍拍我的肩膀，我一看是网管，一个十七八岁的小姑娘，她冲我笑笑，送了一份巧克力给我，说了句新年快乐，然后就转身走了。那时候刚好快到十二点，我站起来一看，几百平的网吧就我一个人了，那一刻，我差点儿就哭了。

说完D就点燃一根烟，吐了个烟圈，A又喝了一杯，脸已经有点儿红了。

这时候大家都看着我，因为顺时针转下来就到我了。

我那时候是有点儿发蒙的，但是我还是开口了，我说：大学的时候我军训时就认识了一个姑娘，单纯可爱，我们天天在一起吃饭，放假的时候就一起逛街。那时候大家都没什么钱，但是觉得每天都很开心。那时候我成绩差，每天都要抄她的作业，她也不数落我，就要我把字写好点。那时候我们什么都没有，却喜欢承诺，我说要给她买最好看的婚纱，要带她去西藏玩；她说要每天给我做好吃的，给我买衣服，免得我总是没品位。结果后来毕业了，没多久就分手了，我不知道她记不记得那些承诺，但是我还是记得很清楚，爱情不爱情的谁说得清。后来有一天我在街上遇到了她，我跳起来冲她挥挥手，她看到是我，没有一秒钟的迟疑就拉着旁边的男人快步走远了，那一秒，我在拥挤的街道上深刻体会到了孤独的含义。

说完我觉得有点儿尴尬，连忙又说：当然了，也许那算不上孤独吧。

A 却冲我竖起大拇指，然后说：必须算，大情圣。

然后又喝了一杯。

胡子拉碴一副流浪歌手造型的 F 说：毕业后我去深圳那边找工作，都说那边的工资待遇好，那时候我就拎着两个大箱子坐上了火车，下火车后到处都是拉皮条的，问我要不要住旅馆，那时候哥们儿身上就几百块钱，就提着两个大箱子走了很远，才到一个偏僻的地方看到一个小旅馆，我问多少钱人家说六十块一晚，我去看了看发现还行，就住了下来，付了一百块钱押金，那时候天气很热，我洗了澡后开了空调就睡了，谁知道第二天走的时候那人居然不退我押金了，说六十是不开空调的价钱，开空调后就是一百五了，我怒不可遏，就和他理论了起来，越吵越凶，老板就打了个电话，几分钟后，几个黄头发的小混混就冲进来和我打了起来，打得不可开交，一个混混还把我的行李箱甩到马路边被车轧坏了，后来我的眼睛被打肿了，待在路边，看着自己的生活用品全散在马路边，几个司机冲我叫骂，我觉得那时候自己落魄得像条狗。我想，那应该就是孤独吧。

A 好像眼眶也红了，又一饮而尽。

寝室长说：我觉得最孤独的是一个单词——nothing。我去美国的时候你们都很羡慕我，但是我过去以后，连一个朋友都没有。开始的时候我尝试着去接触那些外国人，问他们你们在谈什么，他们会说 nothing；问他们喜欢吃什么，他们会说 nothing。他们看我的眼光里含着一种冷漠，还带着一丝蔑视，我很不喜欢这种感觉。一个国家是否强大，你出了国就能感觉到。好在后来我交到了一个加拿大的女朋友，人很幽默，也非常开朗，我们在一起住了很长时间，直到那天她告诉父母她和一个中国人在一起了，她父母大发雷霆，第二天一早就出现在我房间的门口，把她接走了，她爸警告我离他女儿远点。自此以后我再也没能联系到那个女孩，反而是我多了个新外号——loser，我再也交不到一个朋友，反而和喊我外号的几个白人干了几架，我想我再也不会出国了。

A 叹了一口气，然后喝完了剩下的几杯酒，脸色苍白得可怕。

他说：我服输，看到你们我才知道我所谓的孤独都算不了什么，但是话说回来，孤独让我们成长，不是吗？

大家都赞同，然后纷纷举起酒杯：敬孤独。

后来大家散掉的时候，我悄悄问他：你还没说你最孤独的时刻呢？

他抱抱我，然后给了我一拳，笑着走开。

那天晚上有点儿微风，他的头发轻扬。

又过了几天，我收到一封群邮件：我不惧怕胃癌，可是我惧怕孤独。我不害怕失败，可是我不想离开。明年，我应该就能赢你们了……

我连忙拿起电话，那个号码，却再也打不通了！

CHAPTER
05_

温柔转弯

我的妈妈四十岁后开始长胖，穿衣服越来越不讲究。高三的时候她去学校看我，我都不乐意和她一起走，觉得非常没面子。

可是我的一群死党都很喜欢我妈，因为我妈很亲和，每次去学校都带着一大包吃的，到我寝室后就给我室友发东西吃。当时寝室的一哥们儿感冒很严重，我妈来的时候还给他带了药，当时把我那哥们儿感动得眼泪都快掉下来了。冬天的时候还给我们每人织了一条围巾，当时我一哥们儿不要，说不习惯戴围巾。我妈就敲了敲他的头，说：找冻呢你，武汉这么冷。我那哥们儿就傻笑。

我高考结束之后玩得比较疯，有时候一两点都在外面乱逛，我妈给我打电话，我挺不耐烦地说不回去了，哥们儿就轰我走，说：滚回去滚回去，别让阿姨担心。

他们还喜欢来我家玩，虽然我家房子不大，装修也一般，但每次他们来了我妈就乐呵呵地问他们吃什么，看那样子仿佛他们才是我妈的亲儿子一样。

后来我们家买了新房，装修那会儿电梯经常失灵，他们就把装修用的材料一包一包扛到我家。我家住八楼，而且那时候已经快到八月份了，上去后他们一个个热得跟洗了热水澡似的，我妈当时感动得差点哭了，要他们都走：要你们小孩子搬什么东西，这么热的天，赶紧找凉快地方去歇着。他们就像猴子一样说：没事儿阿姨，这点东西还不够我们活动的。说完又跑下去接着搬。

那时候我就在想，我妈妈是不平凡的。

再说我爸爸，我爸爸当过兵，脾气也很大，我小时候一犯错他的皮带就抽过来了，而且他对我要求很严：不准赖床，起来要叠被子，吃完饭自己洗碗，晚上别玩电脑，等等，所以我在家都不爱理他。每次他跟我说话，我就神游物外，然后敷衍他两声，把他气得吹胡子瞪眼。

我已经记不清爸爸打了我多少次，我小时候不听话在外面玩，结果掉到脏水潭里，被他看见二话不说就是一巴掌，我趴在地上半天才爬起来。

后来我在学校和别人打架，打破了人家的脑袋，老师让叫家长，回家后门一关，第一时间就挨到了爸爸的一飞脚，我在空中看到那飞逝的画面就好像自己无法挽回的童年，下一秒就贴在墙上慢慢滑下来。

到了高中，寒假结束去学校报到的那一天，我和几个哥们儿在网吧打魔兽，一直打到晚上九点钟，班主任还以为我们失踪了，直接打电话给几位家长，没说的，放月假回去之后我又挨了一顿鞭子。

我每次被打的时候都对我爸恨得咬牙切齿，暗暗发誓等他老了我会把一切都找回来。

高三的时候，我和我爸起了一次冲突，因为我的成绩一直都不大好，班主任每次都把我当反面教材在班上训。在开家长会的时候班主任的第一句话居然是：我们班的同学在高三期间学习都很努力，只有一个叫刘 X（也就是我）的同学玩物丧志，他如果考得上大学，我就回家养猪。

我爸在下面听得脸色通红，表情非常尴尬。

而我怒不可遏，拿起一本书就朝班主任砸过去，班主任吓得一哆嗦，然后回过神来一拍桌子，喝道：你想干什么？

我心想：没想到你长得这么胖，身体还挺灵活，就抄起旁边一椅子准备继续砸，我爸把我的手一扯，想把我从教室里拉出去。

我们两个就像小丑一样，在全班同学还有他们的家长眼前拉拉扯扯地出去，班主任惊魂未定地忘了接下来的台词。

开完会后班主任铁青着脸说：这孩子没救了，不思进取，你把他领回家吧。

我爸低头弯腰地说：您大人有大量，别和他一般见识。

班主任一挥肥手说：不是这回事，他就不是读书的料子，趁早要他学点手艺吧，免得他以后饿死。

我在旁边冷笑一声说：不读就不读了，跟谁稀罕读似的。

我爸给了我一巴掌，我脸上火辣辣的，虽然我爸经常打我，但是这是他第一次当众打我，我发现他的手在发抖，他对我低声吼：你给我闭嘴！

全办公室的老师都在看着我，羞辱感冲昏了我的理智，我一脚踹翻班主任的桌子说：老子就是不读了，老子以后还得好好地活着，活给你看。

我爸对我又是一顿拳打脚踢，被几个好心的老师拉开。

那时候距离高考只有三个月，我收拾了行李回家，途中没有和我爸说一句话，回到家他瞥了我一眼，不知是不是我的错觉，我觉得他满是哀伤。

我自暴自弃地在书房里玩了两天电脑，他居然没数落我，只是天天借酒消愁，喝醉了就睡觉。有时候早上起来他会跟我说话，让我下楼买早饭，我把钱丢在桌子上回屋接着睡，就听见门外轻轻地叹息。

有一天我吃完晚饭出去散步，回到家发现桌子上有一封信，我爸居然给我写了一封超长的信，述说了他这一辈子的历程，吃了多少亏、受了多少苦，如果有个好学历，那大部分都可以避免。我很难想象我爸那种纯爷们儿会拿着钢笔写这么长的信，结尾是：不管你成绩如何，会不会考上大学，我只希望在你今后的岁月里回想起来不会后悔，因为没有比那更难过的事情了。

后来高考完我学会了抽烟，在家的时候烟瘾犯了就躲在厕所里抽，抽完了开窗户等烟味散了才出去，结果还是没能瞒住我爸，他径直地走到我房里问我：你是不是学会抽烟了？吓得我一哆嗦，条件反射似的看他的皮带，谁知道他只是叹了口气，放了一包黄鹤楼在我柜子上，说：少抽烟，抽好烟。

我确定他不是先礼后兵后，就把自己的黄山甩出窗外了。

大学的时候我挂科比较多，老师打电话跟我爸说情况，接到电话后他隔天就来到学校，气势汹汹地走向我，我连忙拉住他说：换个人少的地儿。谁知道他只是带我去吃了顿饭，苦口婆心地劝我，说既然已经在大学了，就好好学点东西，也算对得起自己。

我看着他离开的身影，才发现自己从未看清楚自己的父亲。

他从小约束我也只是为了让我养成好习惯，所以到现在我每天都是七点钟准时起床，房间弄得整整齐齐，给不少姑娘留下了好印象；长大后他尊重我的个人意愿，而且在我的无数任性后都是他默默地帮我处理；高中我和人家打架，是他去找人家家长赔的不是；高考成绩一般，是他每天从早到晚看志愿书给我意见。我人生的每个路口，他都会为我守望。

我妈妈的好，总是转个弯，然后我才能察觉；我爸爸的好，总是会延迟，后来我才能明白。

好在，现在他们还没老！

CHAPTER
06_

晚钟

1
/

当家里的老人被检查出不治之症时，你们会如何选择？

是送进医院进行手术化疗，还是隐瞒事实让老人安慰地走完余生？

2

2012 年，外婆吃不下东西，感觉胃特别胀，喝完水后总是忍不住往外吐，往往带着血水。

外婆就给子女打了电话，大家连忙把她送去医院检查，医生给我们的诊断结果显示：外婆患的是胃癌，癌细胞已经扩散了。

听到“癌症”两个字的时候我大姨就不停地哭，大舅、小舅的脸色也不好看。大家出了医院找地方吃饭，开了个家庭会议，商量着怎么办。

大姨很坚决地说要送去医院治疗，说再耽误就来不及了。

大舅、小舅没说话，他们的家庭收入不大好，也拿不出多少钱，只能一根接着一根地抽烟。

我爸站起来说：既然癌细胞已经扩散了，那么就别让老人再多受痛苦了，别说化疗了，现在就是做个胃镜妈也受不了。我觉得，就先别告诉妈结果，只当没事一样，每家派人照顾妈一星期，好好照顾老人。

大姨说：那外人知道了会说我们不孝的。

我爸说：孝顺也有很多种，现在的医院大家也清楚，无非就是先搞光你的钱，再搞走你的命。如果外人说起，就把责任往我这个女婿身上推，非要安个不孝的帽子，那就我来戴。

3

回到外婆的小房子，大家告诉外婆：只是胃溃疡，有点儿严重，医生说要保证您的饮食起居，以后我们每家出个人按星期轮流照顾您。

外婆就说：不用不用，我以后按时吃饭就行了，你们都有工作，都挺忙的。

说完外婆要去做饭，大家把她拦住，然后几个姨妈去厨房做了几个菜。

吃饭的时候外婆习惯性地奉菜，所谓奉菜，即是老人们吃饭的时候把鸡鸭鱼肉往小辈的碗里夹，她夹了一个鸡翅给大姨，说：你从小就喜欢吃这个，吃吧。

大姨的眼眶就红了，急匆匆地跑了出去，一出门就蹲在地上哭。

外婆疑惑地看了我们一眼，我爸笑着说：没事没事，我出去把她拉回来。

我爸出门后把大姨扶起来，轻轻地说：别让老人知道了。

大姨点点头，把脸擦干净坐在外婆旁边吃起饭来。

吃完饭后我爸就去找他的一个朋友，是在医院当主治医师的，询问了有哪些食物忌口、哪些东西养胃，像个学生一样做笔记，走的时候想起外婆有老寒腿，又给她买了一个护膝。

那天回到家后，我爸熬夜写了一份食谱，然后复印了几份，给了几位姨舅。

4 /

我的小表弟，也就是小舅的儿子，是跟着外婆住的，长得高高瘦瘦，十五岁就辍学了，天天上网、喝酒、打牌，不务正业，没钱了就找外婆要。

外婆总是劝他：正正经经找个事情做，哪怕一个月的工资只有一千块，也比你这么厮混强。

他总是理直气壮地说：我是未成年人，没有人要。

后来他在网吧和人打架，把别人的头打破了，被警察抓了进去，外婆急得差点儿昏过去，哭着给我们打电话。

那时候我已经从外地回来了，刚好有朋友在公安局，费了不少工夫把他保了出来。

早上带他出局子，我把车停在路边，说：你跟我过来一下，买点东西。

他就垂头丧气地跟着我，走到巷子里的时候我把手表取下来，然后一巴掌就甩在他的脸上。他被我打蒙了，我又是一脚，他蹲在地上，然后爬起来想还手，我一把掐住他的脖子把他摁在墙上，他的脸涨得通红，我一字一句地说：以后你差钱，可以来找我要。

不想去工作，那就去当兵。以后再出现这种事，死在外面也别给家里人打电话，你知不知道奶奶得了癌症，你想让她早点死吗？

他吓得发抖，然后缓过神来泪流满面。

5 /

我爸和我妈刚结婚那会儿，外婆并不同意，觉得我爸家里太穷了，而且欠了不少债，加上我妈脾气又很急，怕我妈嫁过来受委屈。

但是外公喜欢我爸，觉得他踏实、肯吃苦，脑子也挺灵，就力排众议地同意了这门婚事。

爸妈结婚那天，外婆拉着我爸的手说：我二丫头脾气不好，有什么事你多让着她。

我爸郑重地点头，接过我妈的手。

我出生后的第二年，外公就去世了，走得非常匆忙，听长辈们说是晚上睡觉还好好的，第二天没有醒来，死的时候还不到五十岁。当时家里塌了天，我爸就赶过去，当时棺材都没准备，我爸就跑去镇上一家一家地问，总算是弄到了一副棺材。当时大舅、大姨做生意亏了钱，根本拿不出钱，我爸就承包了丧事，买烟酒，请唢呐，找阴阳师，忙前忙后地招呼客人。

丧事办完后，我爸在家足足睡了一天。

很多年后我才从小舅口里听到，那时候，我爸也没钱，找朋友借也借不够，于是去黑市卖了血。

一直到现在，每年我爸清明、过年的时候都会去外公坟上烧纸，车上经常带着一把小斧，把外公坟边的树修一下。

6 /

农村人迷信借命，往往是一个老人死了，另一个很快会跟着死；但是如果一个老人死得太早，另一个往往会活得很久。

所以我们一直相信，外婆会是个长寿的人。

外婆的身体没有恶化，反而有一点转好，饭量也大了点，有时候早上还能去外面溜达一圈。

不管多忙，我爸每个星期都会去看看外婆，给她买点营养品，陪她聊聊天。

有一次外婆说想回农村看看，想和以前的老姐们聊聊天。

我爸就帮她收拾了东西，然后把她带回去，遗憾的是，那些老人们大部分已经死了，活着的几个，也大多意识不清，认不出人了。

回来的时候，外婆怅然若失，坐在后车座上抹眼泪。

7
/

表弟去当兵了，送走他的那天我对他说：去部队好好干，希望你回来的时候成了一个男子汉。

他笑着说：回来的时候你悠着点儿，那一巴掌我还记得呢。

我也笑，说：好，我等着。

火车嘟嘟地往前开，外婆呆呆地看着远去的火车，伫立良久。

8
/

当人到了人生的最后一步，他会想着什么？

是回首往去的辉煌，还是感慨命运的无奈？

我想起了那天的家庭会议，送去医院得个孝名，但受苦的只是老人一人，而保守治疗留在家里，考验的是所有子女的孝心。

而后者，比前者要难得多。

9
/

外婆终究是走了，遗书上写着每个孙子、孙女两千块钱，房子分给小舅，其余财产听我爸分配。

从检查出来到最后，经历了两年三个月，我不懂医学，但是我觉得这算是个不大不小的奇迹。

外婆走得也很快，没有太多痛苦。

所有人都想不到的是，外婆早就知道自己得的是癌症，拿到判决书那天吃饭的时候大家神色太异常，她察觉出来了。到了最后握着我爸的手：不怪你们，我也想为了你们多活几天。

我爸的手有点儿颤抖，红着眼睛低下了头。

表弟跪在地上陪我守夜，两年的磨炼让他结实不少，一言一行也都雷厉风行。

我们就在外婆的灵前聊天，仿佛在诉说给没有远去的灵魂听。

10

很多人在外面左右逢源，交了多少朋友，做了多少好事，但是一回家就把脾气发给家里人。

这种人不能称之为善良，最多是伪善。

而把最好的一面留给家人，最可爱的一面留给父母。

才应该算大善。

外婆的小屋里有一个摆钟，就在外婆去世的那一天，它停止了摆动，仿佛在那一瞬间，时间全部静止，都化作了思念。

[THE FIFTH STATION]

CHAPTER 01_ 最后的朋友　CHAPTER 02_ 人生的最后一行诗　CHAPTER 03_ 七月半

CHAPTER 04_ 世上本就无蓝颜　CHAPTER 05_ 浪漫再见

第五站

挣扎

CHAPTER
01_

最后的朋友

落难的人是没有朋友的，虽然我早就听说过这句话，但是切身感受到这句话是在 2012 年的冬天。

刚毕业那会儿，我一时冲动坐上火车去外地找工作，高不成低不就，觉得不招自己的企业全是傻 ×，总有一天他们会后悔。

渐渐地，身上的钱越来越少，心里的惶恐越来越大。

以前抽二十多块钱的黄鹤楼，慢慢只能抽八块钱的中南海。

中午吃的土鸡火锅，慢慢变成茄子盖饭，然后变成汪涵代言的老坛酸菜牛肉面。

住不起公寓了，只能去廉价的地方和人合租，到了最后合租也没钱了，只能搬走行李到处借宿。

晚上的时候睡不着觉，只能去网吧通宵，在乌烟瘴气和吵吵闹闹中浪费自己的生命。

一天早上睡眼蒙眬地回到宿舍，发现自己的手机掉在了网吧里，急忙跳了起来，途中差点儿被车撞死，被人骂了几次神经病，赶到网吧的时候在椅子边找到了手机——我全身上下最值钱的财产，当时我虚弱地坐在椅子上，觉得自己很落魄。

青春最残酷的地方就是，在你还没做好准备的时候，就把你推到了一个强悍和残酷的世界，而你还以为自己是个凶悍的老虎，学了一身捕食的本领准备大杀四方，出来后才发现自己是个只会呜呜叫的吉娃娃，可怜又可笑。

饿着肚子往回走，天公不作美地下起大雨。我心想绝对不能淋感冒了，因为连买药的钱我都没了，客死他乡就不好了，就快步跑到一个小超市门口躲雨。

不料一个满脸横肉的胖子对我吼：你站这儿我怎么做生意，滚！

我差点儿没能忍住，沙包大的拳头握得咯咯直响。

我又回到了雨中，才知道最残忍的不是下雨天，而是他不让我躲雨的屋檐。

那一刻我都没有崩溃，只是觉得自己运气太背了。

直到回到宿舍，楼下的一群文艺青年要死不死地放了一首枪炮与玫瑰乐队的歌。

Don't you cry tonight

Don't you cry tonight

There's a heaven above you baby

那一刻，我努力抬头看着天，因为一个二流文人曾经写过，每当他要哭泣时，他就会看着天空，那样泪水就不会轻易流下来。后来才发现可能是他的个子太矮、脖子太短了，我一抬头雨点就溅在了我的脸上，然后我就泪如泉涌了。

在破烂的合租房里有两个抠脚大汉和一个娘娘腔，一进门就闻到一股汗臭、体臭以及不知道什么臭。

导致后来我根本没什么兴致吃臭豆腐，因为觉得臭豆腐根本就不臭。

一到雨天，地上就水汪汪的，在脏乱的房间里我往往拉上被子一睡一天，根本不想出门，我把手搭在眼睛上想：我这辈子完了。

最后的最后，我的身上只有八块钱，我永远都记得那一天，我穿着旧牛仔裤走在闹市，烟瘾犯了，也很饿，但是我根本买不起一包烟，也吃不起一顿饭。

我就蹲在商场门口的一个转角，看着形形色色的人提着大包小包进进出出，说实话，那一刻我觉得自个儿活得不如一条狗。

我走回宿舍，挨个儿给朋友打电话，打开电话簿从A开始打起，开场先问问他们的近况，然后提出借钱，这个说：哥们儿，别开玩笑了，你那么有钱的主会在乎我们这几个钢镚儿？

我说：哈哈，我是开玩笑的。

那个说：哎哟，真不巧，我的钱全给女朋友买手机了，你知道那娘们儿，贼能造。

我说：是的，消费是女人的天性嘛。

有的说：哥们儿还没发工资呢，要不你再等两天？

我说：没事儿，我也不急。

还有的说：我还准备找你借钱呢，你都不知道哥们儿最近多背。

我说：那你多保重吧。

我每挂掉一个电话，就删掉一个号码。开始想，是不是因为我交的都是一群狐朋狗友，所以现在才混成这样？

后来翻到我的高中同桌，他家条件不好，上学那会儿我爸妈来看我时总是给我带一大包吃的，我就分一部分给他。他的爸爸得了重病，大家集体捐款给他，他对每个人鞠躬说谢谢，那时候我捐了八百，那是我一个月的生活费。

我给他打电话，他觉得意外也很开心，毕竟我们联系得不多。我问了下他的情况，他说在一个小公司，混得也不好，打算着跳槽。

听到这番话我也不好意思开口借钱了，就和他扯七扯八地说了十几分钟，挂电话的时候他突然说：你是不是遇到什么事儿了？

我说：没……没有。

他说：要是有事儿就跟我说，我虽然没什么能力，但是会尽力帮你。

他的语气非常真诚，我有点儿感动，一句话脱口而出：那个什么，你能借点钱给我吗，我这儿有点周转不开！

他呼出一口气，说：咳，我还以为什么事儿呢，把你的账号发给我吧。

挂完电话我心里暖暖的，其实在绝望的时候有个朋友帮助你，精神上的支持比物质更重要。

几个小时后我有点儿激动地去取钱，查账的时候发现根本没有人汇款。

午夜十二点，我站在取款机的前面，如坠冰窟。

我行尸走肉般地回到宿舍，呆滞地坐在床上，空气中弥漫着恶心的臭味，我觉得自己就像一具快要腐烂的尸体。

我想，明天就回家吧，妥协吧，放弃吧。

我找娘娘腔的室友要了一根烟，他说：哟，怎么啦，小眼通红地就回来啦？

我不说话，心想老子信了你的邪，没钱还要被人调戏，我的人生到底要惨成什么样子。

第二天一早，我收拾好了行李，准备给父母打电话求助，总觉得自己很丢脸，满腔热血去追梦，满身弹痣地逃回家。

这时候他发信息来了：兄弟，我暂时只有这么多，如果不够我再想办法。

我跳起来去查账，到账一万块。

那一刻我仿佛重新活过来了，阳光洒满大街，我觉得我可以面对一切。

几年后我才知道，那时候他的工资也才三千五，也存不到什么钱，一万块都是找老板预支的工资。

我拿着钱换了个住的地方，认真找了份工作，情况慢慢地好转，隔了大半年才把钱还给他。

时间晃到去年，我和朋友去钓鱼，猛地想起来他家好像在那附近住，于是给他打了个电话，估计他在忙工作，没时间接。

我和朋友找了个地方吃饭，途中遇到高中同学，就邀他过来一起喝了点酒，我就问起我的同桌，说：他怎么回事儿，最近给他打电话老打不通。

高中同学说：你不知道吗，他妈得了癌症，住院花了不少钱，他现在打三份工呢，根本没时间休息，更别提出来玩了。

我心里一慌：你扯的吧？

高中同学认真地说：我没事开这种玩笑干吗？他前段时间还找我借钱呢，你知道的，我这边行情也不大好，只拿出了小三千帮他。

吃完饭我匆匆结账，然后开车到他家楼下守着，快十一点的时候他给我回了信息：最近比较忙，没接到电话，见谅，你挺好的吧？

我马上给他打过去，我问：你在哪儿呢？

他的声音有点儿哑，说：在家呢，怎么啦？

我有点儿愤怒地说：老子就在你家楼下呢，你家根本没人，你家出了这么大的事儿你怎么不和我说，还是你根本没把我当朋友？

电话里的沉默让我怀疑是不是他已经挂电话了。

几分钟后他才说：没有，我只是觉得我们本来挺好的兄弟，沾上钱就不大好了。实话跟你说吧，我妈这病就是个无底洞，根本不知道要花多少钱，我找他们借钱，也不知道什么时候能还，说句难听的，还不上钱以后连朋友都没得做了。这也不是高中了，鞠个躬就完事那么简单。所以我也不想找你借钱，不想咱们变成那样。

说完他挂了电话，我把车窗升起来，眼泪大滴大滴地砸在方向盘上。

第二天，我找到了昨天的高中同学，给了他五万块钱，让他借给了我兄弟，然后我去商场买了点东西，去医院看了他妈。

他给人的感觉很累，从头到脚的疲惫感。

我拍拍他的肩膀，说：我们还是兄弟吗？

他笑了笑，说：当然。

落难的人是没有朋友的，这句话显然不对。正确的观点是，只有落难的人才能看清楚，哪些人才是真正的朋友。

CHAPTER
02_

人生的最后一行诗

残阳的最后一束光也消失的时候，诗人还在院子里冥想，桌子上摆着精致的钢笔和纸，上面却空空如也。

诗人今年已经五十六岁，有很多田地要种，却都交给了他力大如牛的老婆，早上一起床就提笔写诗，写了几行往往不满意，把白纸揉成一团丢在院子里。他的庭院倒是很雅致，一些青藤爬在墙上，入夏的时候特别阴凉，他就坐在一个躺椅上，闭上眼睛苦思冥想，往往一整天也写不出一句话。

我小的时候经常去诗人的家里玩，他书房里有很多书，我总是一看一下午，从四大名著看到《隋唐演义》，从《鲁滨孙漂流记》看到《飘》，他对其他淘气的孩子都很严肃，总是板着一张脸不说话，有时候踢球落到了他的院子里他都非常不耐烦地丢出去，然后大声说：下次再踢进来我就给你们扎破。

唯独我去看书的时候他出奇地和气，总是说：刚买了几本书在最右侧，还没拆封呢。

我就进去看书，看到一半的时候他还会笑嘻嘻地端上一杯茶，不知道是什么茶叶，但是喝起来很香，我到现在看书的时候也会喝茶，但是不知道是不是茶叶太次的原因，总觉得没那个时候的香气。每次看完书要走的时候，他就很认真地拿出一个本子，给我欣赏下他的新诗，带着一丝紧张地问：你觉得怎么样？

我那个时候才十几岁，欣赏水平有限，但是怕打扰了他的兴致后他不再放我进来看书，只能假装认真地读十几分钟，心里的想法却是用个什么理由糊弄过去，我妈还等着我吃饭呢。我灵机一动说：太深奥了，我看不懂。

他就笑着说：看不懂是正常的，诗都是抽象的，你就说说你的感觉。

我说：感觉很美。

他拍拍手，说：好好好，说说美在哪里？

我一看诗的名字叫《田野》，就说：仿佛置身于一片金黄色的稻田里，呼吸着新鲜的空气，太阳照在身上，整个世界都只剩下了我一个人，有着无尽的自由。

他狂喜，颤抖地把本子收好，给我拿出一大包吃的，送我出门，还不忘叮嘱：明天再来，我还有新诗。

我说：明天不行，明天我要去外婆家。

他说：那过几天你再来，我买几本新书等你。

我要感谢他，养成了我瞎掰张口就来的习惯。回到家老妈就要我以后少去他家，说他精神有点儿问题，有一次卖稻子到一半的时候人家还没给他钱，他就急急地跑回去。待他那人高马大的老婆气势汹汹地冲到市场时，人家早把稻子拖走了。他老婆坐在满是脏泥的地上号啕大哭，回到家发现诗人还在很认真地写诗，不由得又留下两行泪。

听长辈讲诗人小时候家里很有钱，全被他败光了，到了三十多岁没有一个女人肯嫁给他，都嫌他好吃懒做，那时候从外地逃荒过来一家人，二女儿长得虎背熊腰，也是没人娶的，刚好凑成一对。结婚那天抱新娘，诗人涨红了脸使出了吃奶的力气也抱不动那女人，众人一阵哄笑。新娘把袖子一撸，轻轻松松地把他横抱了起来，人们笑声更大了。

有时候诗人也会去村子里转悠，估计是为了寻找灵感，有闲汉就冲他嚷嚷：张诗人，有新诗没有？

他就说：有的有的。

闲汉就说：拿来我们瞅瞅啊。

他就昂起头：你们这些人懂什么诗？给你们看就是对牛弹琴。

闲汉就说：别瞧不起人啊，我听人说过，好的书就是要雅俗共赏的，如果连我们这些农民都觉得好，那你的诗就真写到位啦。

诗人思考了一会儿，点头说：你说得有道理，就给你看看吧。

然后把本子拿出来小心翼翼地递给他。闲汉装模作样地看了一会儿，说：好诗，虽然我也不大懂诗，但是觉得你写得真好。

他激动得发抖，说：真的？

闲汉说：真的，你这诗应该拿去发表。

诗人就拉着他的袖子，说：走，我请你去喝酒。

然后那闲汉就把本子还给他，嘴边闪出一丝不易察觉的奸笑。

大家都用这种方式找他骗酒喝，直到遇到一个天天坑蒙拐骗的无赖，无赖找他要诗看，诗人说：你这种人不配看我的诗，给你看了是对我作品的亵渎。

无赖就毛了，说：你再说一遍。

诗人扭头就走，无赖从后面抱住他把他按在地上，抢了他的本子把他的诗撕得粉碎，诗人发了火就打了无赖一拳。无赖是打架老手了，三下两招就把诗人打得头破血流，把他踩在脚底下。诗人爬不起来，却像小孩子一样嗷嗷哭了起来。

这时候他老婆赶来了，看见自己男人被打成那个样子，二话不说就是一胳膊抡过去，无赖就惨叫一声倒在三米开外，他老婆就把他背起来去卫生院。

他在老婆背上说：我的诗……

他老婆又把他放下来，弯腰把那些碎纸全捡了起来，然后像整理钞票一样叠得整整齐齐。

从小到大，我没见过他老婆对他发过火，结婚几十年也没有一个孩子，我听人家闲谈时说起他们根本没有同房，不知道是不是真的。

我见过他老婆劳动的样子，炎炎烈日下，他老婆戴着草帽割麦子，仿佛有使不完的力气，一个人比三个人割得还要快，汗水把她的衣服浸得像被水泡了一样，人家休息的时候她还是利索地劳动，仿佛一台机器。扛麦子去卖的时候比男人都扛得多，男人们扛上一车就得抽根烟休息一下，但是她来来回回几趟很轻松就能把拖拉机塞满。

我不能理解诗人，也不能理解他的老婆，他们就像两个异类一样生活在这个普通的村庄里。

后来我长大了，回去探亲的时候听说诗人病倒了，一打听才知道诗人遇到了一个城里人，城里人说自己是省出版社的，觉得他的诗写得很好，要帮他出一本诗集，把他打造成新世纪的海子。诗人高兴坏了，不分昼夜地整理诗稿，后来那城里人说诗集已经出了，要他自己出点钱去宣传，到时候出版社会补给他，于是诗人变卖家产筹齐钱，结果那城里人一去不复返，诗集也杳无音信。

诗人在绝望中病倒了，瘦得就像一具干尸。

我给祖先上完坟以后去了他家，刚到门口，就听见他在大声朗诵着他的诗，用着蹩脚的普通话，声情并茂、情感充沛，朗诵完后他问：怎么样？

然后就听到一个粗嗓子回答：好。

我知道是他的老婆，然后诗人咳嗽了一阵，说：你不懂，你连字都不识。

他老婆说：我懂，是挺好的。

阳光打在绿藤上，绿荫下的诗人满眼泪光，把当成宝贝的诗集撕碎像垃圾一样甩在远处。

无数的纸屑在庭院里飘来飘去，一张飞到我的面前，我捡起来看到两行诗：

残阳划过我的脸

斜影轻拍我的肩

远方的河流远处的人儿

都忘记了不息的时间

诗人长吁一口气，拿起扫把把庭院扫干净。那一刻，我觉得诗人的背后闪着光。

CHAPTER 03_

七月半

1

/

我说：我暑假工快要打完了，过几天给你买裙子。

她满眼含笑：好啊。

结果拿到钱的那一天和朋友出去喝酒，钱包落在出租车上，我发现后追了出租车半条街，还是没能追回我的钱包，我坐在地板上垂头丧气。

第二天她兴致勃勃地喊我去逛街，我沮丧地把事情说给她听，她愣了愣挽住我的胳膊说：没关系，其实我也不大喜欢那条裙子。

筹备了很久之后，我想给她一个惊喜。

我对她说：元旦晚会上我要给你唱歌。

她兴奋不已，说：好，我和朋友都过去给你加油。

结果前一天老师觉得我们的报选歌曲有问题，大学生不能唱这样的歌，把我们的节目下了。

我对那老师说：我还觉得你脑子有问题呢，大学里面不能有你这样的脑残。

我被扣在保安室，保安拿着警棍虎视眈眈地看着我。她拿着花看完了整个晚会，却找不到我的身影。

逃出虎口后我给她打电话说了这件事，她静了静，说：没关系，他们不懂你，但是我懂你啊。

毕业前夕大家都忙得上蹿下跳，每个人都怕自己成为一个无业游民，几百块钱一个月的事情都抢着去应聘。她忧心忡忡，害怕我们会分开。

我安慰她说：我们毕业了要在一起上班，到时候我们租个小房子，过自己的二人世界。

她露出酒窝，说：好啊，你要做饭给我吃。

我说：好啊，我要把你养成一个大胖子。

结果找工作不顺利被迫两地分居，我只想赚很多钱给她一个安稳的家。我没日没夜地做事，经常一个星期不出办公室，困了就睡在沙发上，同事背后都叫我加班狂人。一天清晨，以前的同学说她被车撞了在医院里，我丢下了所有事订了车票往回赶。

在医院看到她的时候她正在打吊针，我说：你怎么不给我打电话？

她的脸色有点儿发白，说：我给你打啦，你……关机了。

我有点愧疚，蹲在她身边不知道说什么，她却用手勾了勾我的指头说：没关系，你这么急匆匆地赶过来，我知道你心里在乎我。

她总是问我：我们会有未来吗？

我说：我以后要和你结婚，生几个孩子，买一个大房子，房子外面有一大块草坪，周末的时候我们就和孩子在上面踢足球。

她嘴角上扬：好啊，我还要养一条狗。

我说：嗯，我也喜欢小狗。

结婚的前一天，我给她打电话，说：我……要结婚了。

她强颜欢笑地说：是吗，新娘子很可爱吧？

我说：挺好的，我……

我们半晌无言，很长时间后她哽咽地说了句：没关系，祝你幸福吧。

我对她许下了很多誓言，却往往是过眼云烟。

我从未对她说过对不起，她却一直安慰我没关系。

我们曾相爱，想想都心酸。

2 /

她是我的女神，所谓女神，就是看一眼就知道和自己没有半毛钱关系的女生。

她很喜欢一条裙子，很多次都在橱窗外静静凝视，想去试试又失落地走开。

我摆了半个月的地摊，卖小玩具给小朋友，有时候看到城管了就拿出八百米冲刺的速度大步跑开，终于赚够了钱。

我把裙子买下来的时候售货小妹笑着说：你对你女朋友真好。

我苦笑，然后把裙子放在精致的盒子里。

鼓足了很大的勇气把裙子送给她时，她愣住了，然后笑着跟我说：谢谢你，不过不用了。

我惶恐地说：你不喜欢吗？

她说：我男朋友会买给我的，对不起。

元旦晚会上，临时下了一个节目，老师要我上去唱歌，我背着吉他上去后从人群中一眼就看到了她，拿着鲜花满含期待。

我唱了首《小镇姑娘》，结束时掌声雷动，好像还有姑娘站起来大声喊“我爱你”。她也笑着拍手，我的心一阵紧张，我觉得她会送花给我。

可是她没有，我下台后她对我说：你唱得真好。

我装作开玩笑地说：你的花是送给我的吗？

周围的人起哄，她红着脸对我说：这是送我男朋友的，对不起。

考研的时候我听说她出了车祸，我飞快地赶了过去，把她抱去了医院，交医药费的时候没带够钱，又到处给哥们儿打电话借钱。

她痛得掉眼泪，我的心也跟着疼。

我请了假去照顾她，去餐馆点餐后恳请厨师给她做碗鸡汤，厨师笑着答应我了：你这小伙子，要不是看在你心疼老婆的份儿上我才不管你呢，我都忙得要死。

我苦笑，然后对厨师道谢。

她吃完饭后说：你回学校吧，你不是要考研吗，别耽误学习时间。

我说：没事儿，我不放心你。

她静了一会儿说：我男朋友已经快到了，他会照顾我的。

我抹抹眼睛边的汗说：嗯嗯，等他来了我就回去。

她缓缓地摇摇头：不用了，对不起。

后来她分手了，瘦得不像个样子，整天待在家里不说话，我就背了很多笑话，不经意间逗她笑笑。她郁郁寡欢地吃不下饭，我买了一堆菜谱变着法儿做菜给她吃。

她气色好点的时候我们会去公园坐会儿，看到一群小孩子笑着踢球，她就红了眼眶。

我去给她买饮料，回来的时候发现她蹲在地上哭，左手拿着电话，轻轻地说了句：没关系，祝你幸福吧。

然后她挂掉电话捂着眼睛不停地哽咽，我把她扶起来，紧紧地抱住她，她想把我推开，但我还是没放开，她说：对……

我说：对不起，我是真的喜欢你！

3 /

喜欢一个人，整个世界都会变得单纯。

第一次遇到他的时候他满头大汗地来到女装店，那个时候我正在打暑期工，他有点儿不好意思地指着一条裙子说：小姐，我要买那条。

然后拿出钱包，付完钱后只剩下两个硬币。

我对他笑着说：你对你女朋友可真好。

他笑笑，感觉有点儿苦涩，他说：不是我女朋友，只是一个普通朋友。

他弯腰把裙子放在一个精致的盒子里，动作温柔、嘴角微扬，瞬间击中我的心脏。

我打听清楚他和我是一个学校的，我有事没事就爱跟着他，他对人和气、乐观向上，而且很有才华，是我喜欢的款。

元旦晚会上他背着吉他上台，开口唱了首《小镇姑娘》，他低头唱着：还记得多年前和你手牵手，你都害羞得不敢抬头。

全场观众都为他鼓掌，我跳了起来大声喊：我爱你，我爱你！

周围的人都用一种异样的眼光看着我，但是又有什么关系，爱情这东西本来就是惊世骇俗的。

他缓缓地向我走来，我的心跳到了一百八十迈。

可是他走到了我身后的女孩旁，笑着问她：花是送给我的吗？

那女孩羞红了脸，说：对不起，这花是送我男朋友的。

他故作轻松地说：我和你开玩笑的，哈哈。

然后快步走开，我听见他叹了一口气，在滚滚人声中我觉得那声叹息，让我心疼。

过了很久之后，我回校的路上听到一声刺耳的刹车声，周围的人都发出大叫声，我快步跑了过去，看到一个女孩出了车祸，倒在地上，腿上都是血。

我连忙打电话叫救护车，几分钟后就看到他满头是汗地跑过来，把那女孩抱起来往医院跑，血把他的衬衣染红了，他在那女孩耳边不停地说着什么。

在那一瞬间我知道自己彻底没戏了，我没有可能得到他的爱情。

我转身往回走，眼泪却不争气地往下流，滴在地上不过十秒，就蒸发在无形的空气中。不知道那些忧伤的空气，能否飘到他身旁？

几年后，我领着一群小朋友在公园里玩，他们嚷嚷着要踢球，我说：好，但是不能调皮，不能打架噢。

小朋友整齐地回答：好！

我把足球抛给他们，他们笑着奔跑起来。

我看了看周围，发现了两个紧紧拥抱的人，那个熟悉的人好像用尽了所有力气去拥抱那女孩。

微风拂过，我笑了笑转身离去。

也许对于一个不爱你的人，哭着挽留，不如笑着挥手。

尾声

在炎热的七月，我总是习惯一个人坐在咖啡厅里，那里有冷气和饮料，有爵士和后摇，还有一群有故事的人。

在那个月，我认识了三个朋友，他们一人给我讲了一个故事。

我喜欢和他们聊天，充满着眼泪和欢笑。

他们也喜欢诉说，仿佛回忆是他们的骄傲。

讲完的时候，他们的脸上都如释重负，嘴角都有点儿微扬。

我问：能把这些写进我的故事里吗？

每个人都同意，然后让我请喝咖啡作为取材费。

写完最后一个字的时候，我看着窗外，行人们来来去去，有的欢笑，有的忧愁。或许这个世界上到处都是这种故事吧，我想。

CHAPTER

04_

世上本就无蓝颜

1

许诗问我：男女是否真的没有纯洁的友谊？

我说：是的。

她说：可是我怎么听好多人说经常出去睡在一张床上，还是什么都没做，那不是纯友谊是什么？

我说：能睡在一张床上的男女，绝不是纯友谊的男女。

她说：我不信，为了证明世上有纯洁的男女关系，我要和你做实验，我们一起出去住旅馆，房费我出。

我说：你们杂志社太变态了，再这样下去你就成精神病了。

她说：要么你承认你错了，要么就出去试试。

我把烟头弹飞，说：去就去，你别后悔就是了。

2
／

星期五晚上，我们吃完饭来到酒店，许诗穿得很随便，白色羽绒服加黑色修身毛衣，我冲她扬扬手，她跑过来说：我已经开好房了，上去吧。

关上房门，空气中弥漫着一股暧昧的气味，不知是不是我的错觉，我觉得许诗的脸有点儿红，我说：你要是觉得别扭，我就先回去了。

她说：别，我就想证明一下。

然后她就把空调打开，把外套挂在衣架上，我尽量不去看她，虽然她修长的身材很有诱惑力。

我说：你看，如果男女共处一室，女方稍微裸露点，男的就会有邪恶的想法，你说那关系还算纯洁吗？

她说：你现在有吗？

我把烧开的水倒了两杯，递给她说：老实说有点儿，咱们初中认识的吧，那时候你个子矮长得又瘦，一点儿都没有女人样，完全是个假小子，老师让咱们坐同桌，我真挺不情愿的。那时候我喜欢班上的吴婷婷，皮肤又白腿又长，可是现在看起来吴婷婷也不一定比得上你。

许诗喝了一口开水直勾勾地看着我说：你乱七八糟地想说什么？

我说：我的意思是，孤男寡女共处一室，就有时间仔细观察对方，而往往对对方产生莫名的好感，你觉得还纯洁吗？

她露出酒窝：那只是荷尔蒙引导了你的大脑，等它消散了，你就不会那么想了。

我点了一支烟，她走过来也拿出一支，侧脸一亮，吐出一个烟圈。

我说：应该是荷尔蒙的原因，我觉得你抽烟的样子也好看了点。

她像《野蛮女友》里面的全智贤那样用手把头发往后顺了下，说：你知道我为什么抽烟吗？

我说：不知道，也许是写不出东西吧，我也经常这样，一包烟换一个灵感。

她笑着说：你就瞎扯吧，我告诉你我十七岁时就学会抽烟了。

那时候我天天和你们一起出去玩，回家后就一身烟气，我妈就把我臭骂一顿，说我整天不学好。我心想，骂都被骂了，不学点坏是对不起自己了，就开始抽了。

我说：自暴自弃不好。

她说：晚睡晚起更不好，睡觉！

我就把外衣脱了，我发现不是我的错觉，她的脸真的红了，我有点儿尴尬，问：关灯吗？

她说：关！

房间一暗，她把被子拉上，我闻到她头发上的香味，勾起了我很多的回忆，想起了很多下流的场景，这让我很躁动，我就直直地躺着，不敢翻身。过了几十分钟，她冷不丁地来了句：睡着了吗？

我说：没有，根本睡不着，你现在应该体会到了，孤男寡女躺在一张床上是多么尴尬，其实我平时是习惯侧着睡的，我现在根本不敢动。

她说：那你稍微翻下身呗。

一侧身我碰到了她的肩膀，我感觉她抖了抖，我说：要不咱们聊会儿天吧。

她说：成，其实我一直有个问题想问你的，你刚追吴婷婷那会儿，又是送花又是礼物的，成天腻歪个不够，怎么没到一个月就散了，而且还老死不相往来的，反差也太大了吧？

我说：道理其实很简单，就和买东西一样，起初我买了双鞋子，沾点灰我也会小心翼翼地拭去，到后来时间长了，习惯了，走在街上被人踩一脚也不在意了，大抵对人、对事都是如此。起初她皱下眉头你都心疼，到后来，她哭你也无所谓了。

她深吸一口气，说：你这话可真够冷血的。

说完她也侧过身，我们一下子面对面，她呼出的气体轻轻地拍在我的脸上，我有点儿不适应。

她又靠近了点，我很想远离，可是脸却见鬼地凑了上去。

我们相识十三年，第一次接吻，她的嘴唇有点儿甜，不知道是不是唇膏的缘故，随后她的手就挽上了我的脖子。

突然间我们同时睁开眼，撞鬼似的推开对方，连忙打开灯，互相跳起来穿衣服。

她的脸红透了，我也不知道该说什么，于是说了句最不该说的话：至少咱证明了没有那么纯洁的男女朋友了。

她好像有点儿羞愧，点点头，我咳了咳说：要不我走你留下吧，这房忒贵了。

她把围巾缠好说：一起走。

出了酒店门，北风肆虐地吹着，我觉得我们挺尴尬的，再也没说过话，在路口分道扬镳，走了一分钟回过头，我看见她的肩膀在颤抖，不知道是因为寒冷还是因为在哭泣！

3

回到家里，翻来覆去地睡不着，想起了很多往事，这时候张医生叫我出去喝酒，我说：刚好我睡不着呢，把林宇也叫上。

林宇找到我的时候，一副要吃人的样子，他把烟头恶狠狠地砸在地上，拿起桌子上的酒一饮而尽。

我说：怎么了，股票又跌了？

他喘了口气，说：我被人戴绿帽子了。

张医生兴致就来了，递给他一根烟：说说呗，说说呗。

林宇把张医生的手重重地打了一下，但还是把烟接了过去。

你说，男人和女人之间有纯友谊吗？

林宇冷不丁地来了这么一句。

我心一慌拍着桌子说：这还用问吗，铁定没有啊。

林宇又转过头问张医生：你觉得呢？

张医生思考了几秒，慎重地回答：从生理学上来讲男人和女人保持暧昧的话只有两种可能，一种就是男人想上那个女人。

林宇问：还有一种呢？

张医生说：那就是女人想被那个男人上。

林宇的脸就像被人重重打了一拳似的，整个人向后跌倒，躺在沙发上有气无力。

我说：你老婆出什么事了？

林宇说：我昨天晚上打游戏，到了半夜主管打电话要我做个文件发过去，大概十分钟的事儿，我做完了登 QQ 结果不知道哪个孙子把我的密码给盗了，死活登不上去，我就登了我媳妇的 QQ 发邮件，发完后闲着无聊看了下她的聊天记录，不看不知道，一看吓一跳，她和一个男人聊了两年多。那男人问我媳妇结婚这么早寂寞吗，我媳妇说寂寞；男人又问后悔吗，我媳妇就说偶尔会后悔；男人就说要是无聊了可以来找我玩，我媳妇就说呵呵。

张医生说：你媳妇说了呵呵？那就估计没啥事，你不知道，现在网上聊天说呵呵和说滚开意思差不多。

林宇大声吼了一句：我媳妇说“呵呵，我明天给你打电话！”

我们都愣在那个地方，包间却怪异地安静起来。

我拍拍林宇，劝他：没事，也许是精神出轨，很正常。

张医生说：就是就是，我也经常在网上勾搭小太妹的。

林宇说：他们是老相识了，好像是从高中就认识了，没那么简单。

我说：不会是初恋情人吧，那你现在还在这儿喝酒，去抓奸啊！

林宇说：我怎么知道他们现在在哪儿？

张医生站了起来，说：我有办法，马上给你找出来，把你媳妇号码给我。

林宇叹了口气：关机了。

张医生说：只要号码就成，给我。

然后张医生就给他一个公安的哥们儿打了电话，说要他帮忙查个人，扯谎说是那人欠了他十几万跑了现在不知道在哪儿，扯了半天挂了电话。

然后我们接着喝酒，林宇的情绪还是不稳定，把酒瓶摔了几个，服务员小妹妹说摔东西要赔的，林宇拿出钱包“啪”的一下砸在桌子上吼：赔多少你自己拿。

小妹妹吓了一跳，泪眼婆娑。

我连忙把他拉住，对小妹妹笑着说：喝多了，没事儿，你先出去吧，待会儿我们结账一起算。

过了几十分钟张医生收到一条短信，上面写着某某酒店多少号。

我有点儿震惊，问张医生：这都能查到？

张医生说：现在的科技什么查不到，走吧，去看看那龟孙子到底是什么货，连我们宇哥的老婆都敢动。

4 /

出了饭店，晚风一阵阵吹来，林宇看起来有些狼狈。

路边很多小贩在卖羊肉串，一阵煳味刺入鼻中，却让我们都清醒不少。

我们拦下一辆计程车一路冲到酒店，前台妹妹却把我们拦住了。

她扎着两根马尾辫，有一双又大又水灵的眼睛，笑容可掬地问我们：你们是开房间吗？

林宇咬着牙齿说：我们找人。

小妹妹觉得情况有点不对，就问：找哪位？

林宇说：我们找 3608 房间的人，你把钥匙给我们。

小妹妹严肃地说：我们这儿有规定的，不能这样的。

林宇说：我老婆在上面，老子要去捉奸。

小妹妹刚正不阿地说：不行，我们这儿有规定。

林宇气得发抖，说：去你的规定，快把钥匙给我，你们这酒店还想不想开了？

小妹妹也有点儿害怕，我连忙拉拉林宇，说：直接上去吧，咱们智取。

我们三人上了楼梯，昏暗的灯光下，林宇面目狰狞。

我们站在门口，敲了敲门，没反应，又敲了敲，里面一个男的问：谁啊？

张医生说：送外卖的，你们点的必胜客。

男的说：我们没点啊，你们敲错门了吧？

张医生用纯正的普通话说：不可能啊先生，我们的订单上写的就是这儿啊，我手上还有单子呢。

男的说：都说没点了，你们搞错了。

张医生说：要不您出来核对下，我也好回去和老板交差。

里面传出拖鞋啪啪的声音，门慢慢地开了一个缝，林宇和我一起用力，门轰的一下被撞开，那男的惨叫一声摔在地上，鼻子都流出血来。我们打量了下房间，看到林宇的老婆肖芳坐在床上，地上的男人穿着T恤和短裤，肖芳的脸有点儿白了，林宇二话不说揪起地上的男的就是一拳头，那男的还想还手，我又一脚踹到他的小肚子上，张医生迅速地掩上了门，那男的痛得弯起腰，林宇又给了他几拳，把那男的眼泪都打出来了。肖芳连忙扑过来，把林宇的腰死死抱住，带着哭腔说：林宇，你干吗啊？

林宇怒不可遏，反手一巴掌甩在肖芳的脸上，大吼：你个婊子，老子对你那么好，你要什么都买给你，自己烟都舍不得抽贵一点，在家把你当祖宗，连洗脚水都帮你倒，你还给我戴绿帽子！

肖芳站起来甩甩头发说：你说什么啊，你什么都不知道！

林宇说：我还什么都不知道？老子什么都知道了，在老子面前装个贵妇样，回头背着我在这儿擦枪走火呢。

肖芳大声说：他是我朋友！

林宇气极反笑，说：朋友，嘿，朋友！

肖芳音量还在升高：我们从小一起长大的，没你想得那么龌龊。

林宇说：我还龌龊，我再龌龊也不像你，你连妓女都不如，人家好歹还收费呢，你这个不要钱的贱货！

肖芳就给了林宇一巴掌，说：你不是人，他是我蓝颜，而且，他不喜欢女人。

5 /

大家都没说话，空气中弥漫着一阵腥味，房间里满是尴尬的气氛。

地上的男的去卫生间把血冲干净，冲我们瞟了下，估计是还心有余悸。

肖芳开始了讲述，言语比较烦琐，大概意思我听明白了。高中的时候他们是同桌，那时候这男人就出柜了，没有一个人理解他，都觉得他是怪胎。只有肖芳能体谅他，他们经常一起吃饭、一起逛街，当了蓝颜。这段时间这小白脸失恋了，肖芳就要他来这个城市散散心，那男的人生地不熟的，肖芳就给他订了个酒店，招待他住下，仅此而已。

说完拿起那男人的钱包，里面有张照片，两个男的互相掐着摆了个笑脸。

林宇有点理亏，又问：那你手机干吗关机？

肖芳拿出手机甩在他面前，说：我手机没电了。

林宇愣了一会儿，用歉意的眼神看了看那男的。

肖芳站起来用指头戳着林宇的额头说：林宇，今天我算是认识你了，啥也不用说了，明儿个民政局见吧。

林宇的脸唰的一下白了，连忙服软拉着肖芳的手说：媳妇儿，误会一场，咱们先回家。

然后冲着那哥们儿说：对不住啊兄弟，明儿个请你吃饭。

肖芳却说：误会个屁，你根本不信任我，离婚！

林宇赔着笑脸说：别闹，咱回去说，认打认罚。

肖芳说：你太让我失望了。

林宇说：对对对，都是我傻、我笨，明天我就把你喜欢的那个爱马仕包包给你买了，好不？

肖芳脸上稍微缓了下。

我长吁一口气，真是一场闹剧。

这时候张医生冷不丁又来了句：林宇，你确实太傻、太笨，说你是世界第一大傻瓜都不为过。

林宇回头朝床上看，张医生把肖芳的蓝色皮包朝下抖了抖，一些化妆品就散了出来，还有一盒避孕套。

肖芳的脸一下子惨白了，那男的又发起抖来。

张医生冷冷地说：那张照片据我推测应该是他和他的哥哥或者弟弟照的，因为他们的五官轮廓实在太相似了，而且，就算他是个基佬，那他带套子干吗，吹气球？

肖芳的眼泪就哗哗流下来，一下子抱住林宇的腿，说：老公，我下次再也不敢了。

林宇冷冷地踢开她，说：明儿个民政局见！

走在街上，我递给林宇一根烟，街上已经没人了，不久前灯红酒绿的城市现在却像个坟墓。

风用力地刮过来，我不由得缩缩脖子。

张医生叹了口气，不知道在惋惜什么。

我说：张医生，你怎么是个医生呢？为什么不去当侦探呢？

张医生说：其实医生和侦探都一样，都要有眼力见儿。

路灯一盏盏熄灭，我们身旁那盏灯变暗的时候，林宇痛苦地蹲下去，放肆痛哭起来。

CHAPTER

05_

浪漫再见

马琪和苏芸是我见过的最不浪漫的夫妻，他们从不牵手，从不称对方老公老婆，从不给对方买礼物，没有必要就不一起出去逛街，据我所知他们的钱都是分开保管的。

这样的两个人，与其称之为“夫妇”，我更愿意相信他们是“生活伙伴”。

马琪一米八三的个子，是个名牌大学高才生，虽然接受的是高等教育，做的却都是下流事儿，他喜欢请我们吃饭，吃到一半打着上厕所的幌子去跑单；参加同事的婚礼，大家都包的一千块，只有他包了二十块，那个同事要和他绝交，他就解释说他炒股亏了钱等他赚回来了立马补上；公司发东西的时候，他总是第一个冲上去抢个最好的；朋友搬家的时候，几斤重的东西他硬是搬了半个小时。

虽然他厚颜无耻，大家却都离不开他，因为他很好玩，跟着他生活到处都是笑点。

苏芸一米五五的个子，有点儿微胖，但是五官很标致，打扮得很朴素，从来不穿金戴银的。苏芸有一股子轴劲儿，做事都是一条道走到黑。当初她学做菜的时候炒鱼香肉丝，第一次炒煳了，到了晚上重炒，晚上又没炒熟，到了第二天再重炒，一连做了半个月的鱼香肉丝，弄得马琪现在一闻到鱼香肉丝的味儿就恶心得想吐。

他们是相亲认识的，当时马琪的工作稳定了，加上长得人模狗样，七大姑八大姨都给他介绍女朋友，他倒也不嫌烦，从星期一相亲到星期天，还觉得挺有劲。第一次见苏芸时苏芸穿得很土，灰裤子、白T恤，戴着一个灰框眼镜，马琪就有点儿瞧不上，说：大姐你多少岁了？

苏芸说：二十六。

马琪夸张地叫了声：我以为你三十六了。

苏芸冷冷一笑，喝了口饮料说：你男的女的啊，怎么还戴耳环呢？

马琪哈哈大笑，取出耳朵旁的东西：这是耳机，哈哈哈，土妞儿。

苏芸还是很镇定，吐出两个字：傻 × ！

马琪笑声戛然而止，涨红了脸说：你说什么？二姨也真是的，什么货色都介绍给我，你这种应该去街道尾那相亲接待处找男的，人家离婚了带两三个孩子的应该看得上你。

苏芸说：当然了，不过如果你去的话，人家离婚了带三两个孩子的都不见得看得上你。

马琪的脸都白了，好像受了内伤，然后提起旁边的包转身就走，这时候苏芸冷喝一声：站住！

马琪说：你还想干吗？

苏芸把饮料喝完说：把你那份单买了再走。

马琪深吸一口气，然后从钱包里掏出几张钱，甩在桌子上扬长而去。

马琪的妈和我妈是牌友，我没饭吃的时候就过去蹭饭，吃饭的时候他妈问我：马琪最近相亲有没有找到合适的？

我说：不知道，他的事情很少跟我说。

他妈递给我一块红烧肉，说：跟你王姨说说，晚上王姨做红烧肘子给你吃。

我想起马琪还欠我五百块钱没还呢，就说：好像对一个姑娘挺中意的，那姑娘叫苏芸，个子不高但人很漂亮。

他妈眼里闪出了光，说：还有呢，还有呢？

我低头吃饭，心里有点儿矛盾不知道该不该出卖朋友。

他妈又说：王姨还会做口水鸡和糖醋排骨。

我脱口而出：那姑娘在市医院当护士，也挺喜欢马琪的。

下午的时候马琪回来了问我：你是不是又编瞎话糊弄我妈了？

我用牙签戳着牙说：没有啊。

马琪说：还说没有，我都看见我妈蹦跶着去菜场买排骨了，我回来这么久了，都没见过我妈买那么多菜。

中间经历过无数曲折之后，马琪和苏芸还是结婚了，结婚那天主持人问马琪：你是否愿意娶苏芸小姐作为你的妻子？你是否愿意无论是顺境或逆境、富裕或贫穷、健康或疾病、快乐或忧愁，都将毫无保留地爱她，对她忠诚直到永远？

马琪沉默半晌后叹了口气，说：愿意。

然后主持人有点儿尴尬，又询问苏芸：你是否愿意嫁给马琪先生作为他的妻子，你是否愿意无论是顺境或逆境、富裕或贫穷、健康或疾病、快乐或忧愁，都将毫无保留地爱他，对他忠诚直到永远？

苏芸说：不大愿意，但是凑合吧。

主持人擦了擦汗，我妈吃了颗糖说：现在的年轻人啊。

婚礼办完后马琪和苏芸就在酒店门口吵架，太阳晒得他们满头是汗，马琪说：你什么意思，都不跟我哥们儿敬杯酒，我的面子都丢尽了。

苏芸说：我看见你那群狐朋狗友就烦，再说了，你不也没跟我高中同学敬酒吗？

马琪点燃一根烟，吧嗒两口说：你别以为我不知道，那个穿黑衣服像农民工的不就是你前男友嘛，你品位可真低俗。

苏芸眼睛露出一丝冷光，说：跟你干杯的那浓妆艳抹的像坐台小姐的就是你前任吧，你品位也不见得多高。

马琪说：我品位高还找你？我就是瞎了眼才找你。

苏芸半晌说不出话，马琪露出胜利者的微笑，苏芸朝地上呸了一口就去送客了。

这样两个极品，我们一致认为他们好不过两年，但是五年过去了，虽然还是不恩爱，但日子还是有惊无险地过来了。

我们发完工资去打牌，马琪那天手气特好，把我们杀得欲哭无泪，这时候苏芸冷冷地走进来，我们都没敢说话，她说：像你这么玩物丧志不负责任，成天只知道吃喝玩乐像个扶不起来的阿斗的男人，整个武汉也找不出来三个。

我们全部愣住了，我尴尬地咳了咳说：嫂子，你……

苏芸指着我：你闭嘴，你就是第二个，除了你武汉就找不出第三个。

我以一种中枪的姿态无力地趴在桌子上，马琪站起来说：像你这么不思进取爱慕虚荣成天只知道乱买乱购物像个花钱的无底洞的女人，整个武汉也找不出来第三个。

大家纷纷拍手，称赞：对得好！

苏芸冷笑一声摔门而走，马琪得意地说：别管她，咱们接着玩。

一码牌，大家傻眼了，少了三颗麻将。

后来，马琪的奶奶去世了。老太太生前是个好人，有什么好吃的好喝的都会分给孩子们，马琪刚上大学那会儿缺钱又不敢开口找爸妈要，老太太一个人走一个多小时去镇上给他打钱，马琪就觉得自己挺不是个东西的，不敢用拿钱去乱玩，才用心学习拿到学位证。

丧事办得很热闹，村里的人几乎全来了，马琪跪了一天一夜，苏芸就到处招待客人，晚上守灵的时候马琪看着老太太的遗像，想起了很多往事，眼泪就顺着疲惫的脸全流在蒲垫上，下半夜马琪的堂哥来换他，让他去睡会儿，马琪站起来活动活动腿，走出去点燃一根烟，就看到苏芸在外面等他，苏芸递上一杯温水说：别抽烟了，睡会儿吧。

马琪咧咧嘴，却没有斗嘴，嘶哑地答了句：嗯。

丧事办完后我们一起回去，马琪和苏芸累得半死，坐在后排靠在一起睡着了，苏芸的脸搭在马琪的肩膀上，马琪的手搂着苏芸的腰，在沉睡中也紧紧依偎。

我自嘲地笑了笑，也许他们不是不浪漫，只是浪漫的方式和我们不一样吧。

[THE SIXTH STATION]

第六站

重生

CHAPTER 01_

冒牌货

胡朔是我最靠谱的朋友，尽管他的名字有点儿不靠谱，让人觉得他满嘴跑火车。而桔子虽然名字听起来很可爱，却是一个女流氓。

那天晚上桔子和我们吃完饭，突然拉住我的手说：江湖救急，这一次你一定要帮我。

我冷汗就出来了，说：你又把你前男友怎么了？

桔子说：别提那群㞞包了，关键时刻都是龟孙子，我妈给我下了指标，回去的时候一定要带个男朋友回去，不然就要给我安排相亲了。

我甩开她的手说：我这个人是有素质的，卖艺不卖身。

她瞪了我一眼，掏出五百块钱往桌子上一拍，说：谁要你卖身了，你那几根排骨有人买吗？

我把钱塞到她口袋里，说：真不行，过年那几天我最好的哥们儿结婚，我真挪不开时间。

桔子沮丧地低下头，过了一会儿又两眼放光地看着我旁边的胡朔，胡朔一口啤酒喷了出来，擦擦嘴巴准备跑的时候被桔子一把按住，桔子说：八道，这么多兄弟里面我觉得你最靠谱了，你一定要救我一次。

胡朔说：我是胡朔，不是八道。

桔子说：都是一个意思，你放心，没什么大事儿，就是过去玩几天，我不会占你便宜的。

胡朔脸红脖子粗地说：我不想去。

桔子把桌子一拍，盘子和啤酒瓶弹了起来，发出了可怕的撞击声，桔子说：不想去也得去！

胡朔脸都白了，只能点点头。

就这样，胡朔成了桔子的冒牌男友，腊月二十八跟着桔子去了她家，桔子妈高兴坏了，拉着胡朔就问来问去，还不忘跟桔子的姨妈吹嘘：这小伙子长得真精神。

胡朔本来就有点儿内向，见到这场面更是不知道说什么。

吃饭的时候桔子妈就不停地给胡朔夹菜，胡朔出于礼貌只能接过就吃，一顿饭下来差点儿没把他撑死。吃完饭后桔子的爸爸拿出了一个红包塞给了胡朔，胡朔坚决不要，桔子的爸爸还是塞到了他手里，然后说这是他们这儿的习俗，过年长辈要给晚辈发红包。

她爸走后，胡朔拿着沉甸甸的红包手足无措。

晚上睡觉的时候桔子妈笑嘻嘻地抱了床被子去了桔子的房间，然后问桔子：这男孩子不错，接触多长时间了？

桔子说：三年了。

这是实话，桔子认识胡朔确实三年了，结果她妈说：那你们今晚就一起睡吧，客房我还没打扫呢，怎么能让客人睡那么乱的房间？

桔子的头瞬间大了，还没来得及推托她妈补了一句：你也是个大姑娘了，我就不嘱咐你什么了，小点声音就成，你爸睡眠质量差。

桔子待在原地，桔子妈就跑了出去，对胡朔说：早点休息吧，小胡。

过了几分钟，胡朔畏畏缩缩地进了房间，说：你妈……今天……要我睡这儿。

桔子恶狠狠地瞪了胡朔一眼，胡朔就像做错了事罚站的学生一样，靠墙站着不说话。

桔子伸出手：拿来！

胡朔问：什么？

桔子说：红包，装什么大头蒜啊你。

胡朔连忙把红包双手奉上，桔子拆开用指头点了点舌头哗哗地数起钱，然后说：还真是下血本，平时找他们要点钱吃烧烤都没门，现在一出手就这么多。

胡朔站累了，就坐在床上，桔子喝了一声：那是我的床。

胡朔触电似的跳了起来，桔子递给他一千块钱，说：别说我不地道，咱们八二分成。

胡朔摆摆手说：我不要。

桔子说：要你拿着就拿着，一个大男人怎么这么矫情。

然后桔子就从柜子里拿出几床棉被铺在地上，胡朔连忙过去帮忙，胡朔从小动手能力特别强，铺床是他的拿手好戏，不一会儿就铺好了。桔子说：咱们先约定好，咱们是冒牌情侣，你别想晚上爬我的床，我下手黑，不想落个终身残废就别起歪心思。

胡朔小鸡吃米似的点头，说：我绝对不会。

桔子冷笑一声：谅你也不敢。

关灯后胡朔翻来覆去地睡不着，总觉得自己是走上了一条不归路。桔子也没睡着，拿出手机放了一首歌。

那时候桔子特别迷野人花园，从 *Santa Monica* 听到 *I Know I Loved You*，在温柔的男声中两个人沉入了梦乡。

第二天，桔子醒来后发现胡朔已经把被褥全部叠好放到了柜子里，人不知道去了哪里。

桔子刷牙的时候看到胡朔提着大包小包回来了，全是买给桔子奶奶的，老太太身体不好，胡朔去街上买了一堆营养品。

老太太感动得涕泪齐出，觉得养了孙女这么多年，终于享了一点儿福。

桔子在一旁咬牙切齿，觉得胡朔就会虚伪地收买人心。

下午的时候桔子的老同学嚷嚷着聚会，不由分说地把她和胡朔拉去吃饭，途中胡朔被灌了不少酒，整个人晕晕的。

桔子拦住他们：别灌他了，他喝得差不多了。

同学们纷纷起哄：哟，桔子还会心疼男人呢？

桔子冷笑一声说：是啊，谁看不惯来和我单挑着喝啊。

几个男生都不敢接话，然后一个男生就拍了拍胡朔的肩膀说：真是苦了你了兄弟，没少挨打吧？

桔子把那男生推翻在地，笑着说：你大爷的，我是母老虎吗，我有那么凶吗？

大家纷纷笑而不语，桔子很尴尬，把胡朔拉了起来掐了他的大腿一下，疼得胡朔面目扭曲，桔子说：你给大家说说，我对你凶吗？

胡朔确实喝多了，盯着桔子看了半晌说：你哪有胸啊，他们纯属无中生有。

大家笑得东倒西歪，桔子差点儿没把胡朔的头按在火锅里。

回去的时候胡朔跟在桔子后面摇摇晃晃地走着，然后踩到了一块石头，身体一歪摔在地上，桔子没好气地把他扶起来，说：别在这儿给我演借酒消愁，小心我把你推到水里去。

胡朔傻傻地笑了两声，说：你真漂亮。

桔子红着脸说：你别发酒疯。

胡朔说：可惜我是冒牌货。

桔子扶着他的腰说：什么冒牌货？

胡朔突然站稳把桔子的手甩开，直直地盯着桔子说：可惜我是冒牌货。

桔子懒得搭理他，过去拉他，他却往后一跳，伴随着桔子的一声尖叫，胡朔摔进了后面的水塘里。

好在胡朔的身体素质够好，没被冻死在水里，回去后只是不停地打喷嚏，桔子拿出了所有的被子裹在他身上，把他包得像个花粽子。

胡朔已经清醒过来了，露出惭愧之色。

桔子坐在他对面，没好气地看着他，房间里是一阵尴尬的沉默。

胡朔为了打破尴尬，说：不早了，早点睡吧。

桔子愤怒地说：被子全在你身上，睡什么睡！

胡朔低下头，突然明白刻意地打破尴尬，只能让事情更尴尬。

这时候桔子妈敲敲房门轻声地说：小点声儿，你爸睡眠质量不好。

然后噔噔噔几步上了楼，桔子和胡朔羞了个大红脸，胡朔艰难地从被子里钻出来，说：我来铺床吧。

桔子说：甭麻烦了，一起睡吧。

胡朔吞了口口水望着桔子：啊？

桔子说：瞎想什么呢，一人睡一头，你没脚气吧？

胡朔还没回答的时候桔子就把灯关了，睡在他的脚头，胡朔像个木头人一样动都不敢动，过了几个小时才慢慢睡着。

早晨一睁开眼，发现和桔子抱在一起，桔子恰好也醒了，两个人把对方一推，胡朔从床上摔到了地上。

胡朔爬起来说：我……我……

桔子说：你什么你？

胡朔深吸一口气说：我会对你负责的。

桔子检查了下衣服说：你言情小说看多了吧。

那天是春节，晚上的时候到处都是鞭炮声，桔子和胡朔去街上买了点烟花，跑到空地上去放。

桔子穿着白色羽绒服，静静地看着天上的火树银花，忽明忽暗的夜色中，胡朔慢慢凑到她身边，闻到了她身上的香味，胡朔低声说：桔子，明天我就得回去了。

桔子嗯了一声，仰着头呆呆地看着夜空，烟花落了幕，胡朔又说：我不想再当冒牌货了。

桔子站起来说：不当就不当，别摆出一副受了委屈的样子，我对你那么坏吗？

然后就气冲冲地往家里走，胡朔从后面把她抱住，在她耳边轻轻地说：跟我一起回去吧，我带你去见我爸妈。

桔子瞪大的眼慢慢眯起来，然后溢出眼泪，她擦擦眼睛细若蚊音地说：好啊。

“轰”的一声，烟花布满了整个城市的天空，到处都是幸福的味道。

CHAPTER 02_

荒漠之花

安排实习的时候我请辅导员吃了很多顿饭，不知道是不是把他喝傻了，最后居然把我安排到一个贫困小学做实习老师。

临走前辅导员拍拍我的肩膀说：好好干。

我按着他咬牙切齿地说：还我饭钱。

辅导员一声奸笑扬长而去，我垂头丧气地上了实习的车。

那个地方非常偏远，先是坐汽车到市里，然后坐汽车去县城，最后坐麻木车去学校，我以为已经到了，结果还要坐船过河，河对面是那所小学。

校长带着一群学生列队欢迎我，我心里一阵忐忑，强颜欢笑。

然后那个校长用方言对我说：小刘，我们很荣幸啊，你是第一个来我们这的大学生。

我立马用严肃诚恳的语气说：校长您放心，我一定要发挥我的所有光和热来教育这里的孩子。

然后到了学校，孩子们都用一种好奇且试探的眼神打量我，他们穿着朴素，说实话要不是亲眼看见，我很难想象孩子还会穿着打补丁的衣服，那时候我姐的儿子应该正在用 iPad 玩“切水果”吧。

学校不大，设施简陋，只有六个年级，一个年级只有一个班，学校总共有一百名左右的学生。我带的是六年级，也就是三楼左侧的教室。我和学生们都很讨厌下雨，因为一下雨，教室就漏个不停，窗户也老坏，寒风刮进来的时候让我觉得很凄凉。

每天的课程很多，我教六年级的数学和英语，还有四年级的数学，每天至少有四节课。我还记得第一次上课进教室的时候一片寂静，真的能做到文字中描述的掉针都能听见的地步，弄得我反而很紧张。上课后才发现他们居然连基本的二十六个英文字母都认不全，我开始以为他们在逗我，于是我点了一个女生，要她上来默写字母表，她写不全，我就说：字母表都写不全吗，你们英语学的什么啊？

然后那个女生就哭了，我也蒙了，我并没有批评她的意思，但是她就是不停地哭泣。很长一段时间后她才告诉我：学校老师教英语课的时候都让他们自习，因为学校老师都是五十岁左右的，他们不会英语。

她们有着一颗求学的心，但是上帝没有给他们这个机会。

六年级的孩子普遍早熟，不大爱说话，为自身的贫穷而感到耻辱，有时候放学了，在路上碰到他们叫一声他们的名字，他们就很惊慌，或者羞涩地喊声老师好，然后快步跑开。

那时候我的烟瘾变大了，原因其实特搞笑，就是为了上厕所。第一次去上厕所的时候我进去后看了一眼就吐了，跑到外面吐酸水，厕所里面的情景简直就像恐怖片。校长觉得挺不好意思的，就安排了几个学生把厕所打扫了下，但还是臭气熏天，往往一进去基本上就要昏厥，只有抽烟才能减少不适感。

年龄小的孩子反而活泼些，他们单纯，偶尔也有点儿顽皮，但是从不和我作对。偶尔会吵着要我教他们做游戏，因为在我之前的老师都是按照课本死教，他们学起来很困难，我恰好会几个小游戏，他们非常喜欢。

在教学途中家里老人去世我向学校请了几天假，我跟六年级的学生说：这是我这个星期给你们上的最后一节课了。结果他们理解错了，以为我要走，下课后急忙聚在一起，我在寝室收拾东西的时候，六年级的班长——一个高高的女孩子在外面敲门，我打开门后问：怎么了？

她眼圈红红的，想说什么又不敢说，就把一个信封递给了我。

在车上我打开看，上面写着：刘老师，我们都很喜欢你，我知道我们笨，但是我们会很努力，我们很喜欢听你上课，你总是耐心地教导着我们，谢谢你。我们一定会努力学习，请您不要走。

下面是全班的签名，皱巴巴的纸上写着二十几个名字。

那一刻，我一个大老爷们儿眼泪就掉了下来。

后来办完丧事后辅导员给我打了一个电话，他说：听说你那儿条件不大好，我给你安排了一个好点的学校，寝室还有空调和网线，你去县里找某某交接下就可以。

我急忙说：不用，我挺喜欢那儿的。

辅导员试探地问：真的？

我说：真的！

回到教室那一刻六年级的学生爆发出一阵尖叫，他们都笑着，然后拿出课本认真地喊着老师好。

下课的时候他们会在操场活动一下，操场就是一块杂草地，男生们喜欢捉蛐蛐，女孩子们就坐在一起说说话、编编草。曾经有一次我问一个小男孩：你想要什么？

他说：我爸爸给我寄回来一个篮球，可是，这里没有篮球场。

微风拂过操场，孩子们眼中却满是荒凉。

孩子们普遍听话懂事，作业根本不用督促，每天早上进教室，作业就整整齐齐地放在讲台上，只要我批改过的地方下面就能看到他们重新抄写了题目和写的答案。有时候课程内容讲完了我会给他们讲些课外的东西，比如大学生活，比如我去旅行，比如NBA，虽然他们似懂非懂，但眼中却露出无限憧憬。

一个女生下课后怯生生地问了我一句：老师，请问您去旅行要多少钱啊？

我愣住了，那个女生家里是出了名的贫穷，爸爸去世了，家里只剩下妈妈带着三个孩子，我实在无法说出数字，就说：你考上大学了，老师出钱让你去旅行。

她却摇摇头，笑着说：我不要老师的钱。

周末的时候很无聊，想去县城就得过河，船夫是一个孩子的家长，每次乘船的时候坚决不要我的钱，固执地说：刘老师，如果你给钱的话，那你就游过去吧。弄得我哭笑不得。

最黑暗的地方也应该有光，最贫穷的地方也应该有希望。

那个地方虽然偏远，民风却淳朴得让人生畏，晚上路过村庄的时候经常有家长拉我去他家吃饭，走路的时候也经常有人给我敬烟。

做过两次家访，记忆都很深刻。第一次是去一个男生的家里，让我见识到了什么叫“家徒四壁”，黑白电视机是他们家宝贵的家电，一个高龄的奶奶照顾几个孙子。我去的时候老奶奶知道了我是老师就一直留我吃饭，我推托有事，老奶奶就拉着我不放，接着把老母鸡杀了一只，院子里本来就没几只鸡，我心里很愧疚。老奶奶还去小卖部拿了两瓶啤酒，我连忙说我不会喝酒，老奶奶却给我倒上了，笑呵呵地说：喝点，喝点。

中途小孩子饿虎扑食一样地抢肉吃，老奶奶一筷子打在他们手上：让老师吃！

那一筷子好像打在我心里，我吃了饭匆匆离去。

第二次家访是去一个女生的家里，小女生很羞涩，喊了句老师好就写作业去了，她爸爸发烟给我抽，二十块钱一包的黄鹤楼，然后自己抽着五块钱一包的黄山。

聊了一会儿，她爸爸去了外面。我和她妈妈聊了会儿准备走了，她爸爸却满头大汗地回来了，拎着两条鲜鱼，然后笑着对我说：刘老师别嫌弃，天冷了鱼不好打，半天才打了这两条。

我看着他冻得发青的手臂，不知道该说什么。

他们用最豁达的方式表达对我的尊敬，虽然我不知道自己是否配得上这份尊敬。

我带过去了笔记本电脑，有时候晚上就看看电影，周末的时候如果有学生来学校玩，我就叫他们一起看电影。因为我是个动漫迷，所以电脑里有好几部动漫，他们很喜欢看《家庭教师》，也很喜欢看《灌篮高手》，有时候天晚了我就催他们快点儿回家，他们就会央求我：老师，我们再待半个小时，半个小时就可以。

后来的一件事让我绝望。星期五晚上放学，一个孩子回家乘船过河的时候摔下去淹死了，小男孩的亲人在河边痛苦地哀号。那一瞬间我突然对这个社会有无比的憎恨，这些可爱的孩子，他们没有玩具玩，没有新衣穿，上学还要冒着生命危险。

这么小的孩子，未来本有无限可能，他们应该穿着漂亮的衣服快快乐乐地长大，可以成为科学家或者小富翁，但绝不是大河上的孤魂。

从那天起，放学的时候我都让他们排队，看着他们过了河我才回去。

中午的时候学生都在学校吃饭，桌子有限，所以有的学生就端着碗蹲着吃饭，吃完饭了男生就自觉拿起扫把扫地，女生就洗碗。

晚上的时候就得自己开火做饭了，那个时候我才发现人确实是有无限潜能的，开始的时候总是把菜炒煳了，但是饥饿是一种力量，我终于锻炼出了一手好厨艺，随便一个小菜也能炒得有模有样。

六点钟一过学校就空荡荡的，胆子小一点的话，一个人待在那儿估计就精神分裂了。我坐在双杠上看着星空，觉得十分安宁。

有一次周末我在改作业，一个男孩子在旁边玩我的电脑，我就说：胡胡，你去帮老师买包烟吧。

胡胡估计是看入迷了，我又说了一句，他才慢吞吞地出去了。

晚上的时候他爸妈把他带到我的宿舍，他满脸是伤，我连忙问他：怎么了？

胡胡不说话，低下头，他爸爸说：这个憨娃儿居然偷钱了。

我于是认真地问他：是不是真的？

他在班上也是很老实的孩子，说实话我不相信他偷钱，他还是不说话，他爸又一巴掌扇到他脸上，我连忙把他拉住，问：你偷了多少钱？

他爸说：十七块。

我一下子就醒悟了，我要他去买烟，我的钱包就在电脑旁边，但是他没看到，所以为了给我买烟偷了家里的钱。

我的烟是十七块，而他一个星期的生活费才两块钱！

很多事情因为简单，所以才能在回忆里留下最深刻的印记。

在那儿的三个月确实是我人生中最简单的日子，上课讲知识，下课改作业，一天就过去了。冬天不知不觉地来了，因为学校靠着湖边，感觉格外寒冷。上课的时候我的手大部分时间都是冻僵的，也只好不停地写板书。课代表是个扎马尾的女孩子，每次下课就帮我去办公室打杯开水，这个女孩叫陈诗倩，学习成绩一直很好，家里还有两个弟弟，她的家长说让她读完小学就跟着父母出去打工。

我很难想象一个十二岁的小女孩，就要和父母出去做着一天十二个小时的活儿。有一次我去镇上买东西，看到她抱着一个弟弟站在一个烧烤摊前，弟弟一直吵着要吃牛肉丸子，她找了半天找出两块钱买了一串。弟弟狼吞虎咽地片刻就吃完了，她看着弟弟吃的时候咽了咽口水，然后冲弟弟笑笑，但弟弟意犹未尽还想吃，她摊开双手：没有钱了。

寒风刮着她们的脸，她把弟弟紧紧地抱在怀里，她才十二岁，却早熟得让人心酸。

我走了过去，买了二十几块钱的烧烤，然后递给她们，小女孩死活都不要，倔强地说：老师，我不喜欢吃这些东西。

我塞到她弟弟手里，笑着说：和弟弟一起吃吧，天气太冷了，吃点东西暖和点。

后来到了返校的时候，临走的前几天我要留校的哥们儿给我寄了几百块钱的书来，都是一些少儿读物，作文书、英语、笑话什么的，我把书整整齐齐地码在教室的前面，对他们说：老师也没什么给你们，以后你们下课了就看看书吧。

下课以后他们就排队过来，一人拿了一本书看得津津有味，嘴边慢慢露出微笑。

无论生活多艰辛，他们也有着开朗的笑容。

临走的那天刮着北风，校长早早地过来帮我收拾了行李，然后在食堂吃了早饭，他给我倒了一杯酒，说：小刘，这些日子真是委屈你了，我们这儿的条件就这样了，孩子家里都穷，没什么条件，估计过几年这小学就彻底倒了。

我喝了一大口，呛得差点儿流眼泪。

校长找来一辆麻木车，把我的行李搬到车上，全校的学生整整齐齐地站在一起，都不说话，我一件一件地往上挪东西。

我实在不敢看他们的眼睛，会有不舍吗，还是不甘呢？

我坐上车缓缓地离开学校，学生们都奔了出来，追着车一直跑，他们都喊着刘老师、刘老师，那一刻我的心里酸酸的，我实在太渺小，改变不了什么。孩子们哭着跑着，我转过头不忍看。

回到学校后，走在热闹的街道上，看着繁华的商场和潮流的人们，觉得恍如隔世。

生活就像被一把巨斧劈成了两半，我的人在繁华的都市，心好像还留在宁静的学校。

第二年夏天，我回到那个学校看看，校长很热情地接待了我，喝了很多酒。校长的头发又白了很多，低年级的孩子们认出我都拥过来喊我“老师”，学生好像又少了，我走到六年级的教室。那儿还是整整齐齐地码着一排书，虽然已经很旧了，却还是很干净，上面有个纸条，写着：这是我们的实习老师刘老师留给我们的，他希望我们都能多看书多学习，所以大家要好好保存，借了要完整归还。

我问了几个学生的情况，有的去镇上读初中了，有的已经辍学去打工了。我问起陈诗倩，校长告诉我那孩子考了全校第一，数学和英语都接近满分。然而她爸却还是没让她读书，把她的所有书本都扔了，她就蹲在地上无声地哭泣。她离开学校的时候同学听她说了句：真是对不起刘老师。

我的心又酸起来，揉了揉眼睛，不想说话。

后来工作了又回去了一次，给孩子们买了些书和一个足球，校长年纪大了已经退休了，换上来的是以前的教导主任。新校长对我也很热情，特意从家里带来一瓶好酒，学校还是老样子，欣慰的是学生好像多了点儿。我去的时候已经很少有孩子认出我了，我回到那个教室，那排书还是整整齐齐的，只不过好多已经破得不成样子了。我把新买的书放在那儿，猛地想起那些雨天，窗户不停地打着雨水进来，学生脸冻得通红，却还是聚精会神地看着黑板。

偶尔还会有以前的学生给我写信或者聊 QQ，诉说着近来的情况，我会尽力地帮助他们，他们都很努力，有个男孩子十五岁已经在外面打工两年了，还寄了一双皮手套给我，说是挣的第一份工资，一双给老爸，另一双给我。也许是因为这个细心的男孩子注意到那时候我的手被冻得长疮了吧。有个女孩子数学竞赛考了全省第二，第一时间给我发信息，我跟她说你真棒，她就开心得不行。

他们都很努力，就像在最贫瘠的土地里的种子，不管怎样，都要奋力地扎下根，开出花。

那三个月之后，我总是不停地祈祷，如果上帝真的存在，愿所有的孩子都能无忧追逐梦想，不再有童心在世间受难。

CHAPTER 03_

小镇故事之枪与玫瑰

木头之所以被人叫木头，是因为他的智商确实堪忧，这位从小数学成绩没超过两位数的奇男子突发奇想去炒股，我们都很佩服他的勇气。

大家都等着看他的笑话，现实却给了我们重重一击，这家伙瞎猫碰见死耗子赚了一大笔，短短两个月资产翻了数倍，大家一边眼红他的暴发，一边忌妒他的运气。

他换车后请我们吃饭，上菜之前就嚷嚷：今儿先说好，我请客啊，谁都别和我抢。我今天赚的钱请大家吃一个月都没问题。

大家看在好吃好喝的份儿上昧着良心恭维了他几句，我问：木头，没听说你研究过股票啊，怎么一下子就发了呢？

木头把车钥匙拿在手上甩来甩去：咳，现在的股市还用研究，随便一只股票跟长线，傻瓜都能赚钱。

大家都看了他半晌，整齐地点点头。

吃饱喝足后木头又把我们送回去，途中不停地吹着自己刚买的这个车性能多么好、加速多么快，我倒不关心这个，就问了他最近在跟哪只股，他说了几个数字后猛地踩油门，把旁边的桑塔纳甩在后面后哈哈大笑，吓得大家一身冷汗。

回到家我用电脑查了一下，发现那几只股确实涨得厉害，不由得有点儿心动，就打电话给我爸，我爸接通电话后语气很不好：这么晚了还不睡，又有什么屁事？

我喜滋滋地说：爸，我谈恋爱了。

然后就听到我妈在旁边“哎哟”一声，抢过电话对我说：儿子，你终于谈恋爱了，那闺女怎么样漂不漂亮？

我说：特漂亮，像林志玲。

我妈就说：林志玲太瘦了。

我连忙说：化妆后像林志玲，化妆前像林心如。

我妈高兴坏了，在电话那边笑个不停，我擦擦汗，幸亏记得我妈是林心如的铁粉，我清清嗓子说：但是啊，有个事儿需要你们帮下我，这可关乎您儿子的终身幸福啊。

我妈边笑边说：什么事儿，你说。

我说：她爸妈要见见我，我想着请他们吃顿饭，给他们买点儿礼物什么的，您也知道我没攒什么钱，这个嘛……

我妈说：吃饭？吃好的！咱家大钱没有，这点儿钱还是有的，明天我就让你爸给你打两万块钱过去，儿子，你放宽心，给人家父母留个好印象。

我都能想象到电话那边我妈肯定在拍着胸脯挥着胖手，就像一个女领导。

第二天汇款果然如期而至，加上所有的积蓄我去开了户，开始的时候果然涨了不少，我觉得赚钱真是太容易了，于是我休了长假，理由是陪女朋友回家见父母谈婚事，老板也很开明，笑了笑就同意了。此后我整天待在家里盯着电脑，右手握住鼠标、左手拿着计算器算自己今天赚了多少，晚上的时候就去狂吃海喝，觉得人生的幸福莫过于此。

那时候我和木头抢着埋单，往往是他胜利了，抽出几张红色钞票甩在桌子上，打个饱嗝说：甭找零了。

收钱小妹就笑眯眯地说：谢谢帅哥。

木头就转过脸对我说：看到没，这就是有钱的好处，我这样的也能被称为帅哥。

然后我俩就猖狂地大笑，带着一丝得意。

好日子没维持多久，熊市很快就来了，加上我们什么都不懂，买哪只哪只就亏得惨不忍睹，在一天亏掉我一个月的工资后我打电话给木头，木头还是满不在乎：就快反弹了，想赚大钱就要沉得住气。

我惶恐地说：真的假的，我读书少，你不要骗我。

木头坚定地说：你放心，我从不骗读书少的人。

两个星期后，我们再次成了穷光蛋，我还稍微好点儿，毕竟都是自己的钱，木头把他老婆那边的钱全部砸了进去，气得他老婆成天拿着大剪刀四处寻他，说不把他阉了难平民愤。

我和他在烧烤摊吃夜宵，吃完后结账老板要一百零三块，我们把身上的钱都凑了起来发现只有九十二块，木头就对老板说：要不老板你少点吧，我们下回还得来呢。

老板亮了亮他的肱二头肌，咬牙切齿地说：什么年代了，还想着吃白食！

木头的脾气就上来了，冲着老板吼：你牛什么啊，两个月前老子喝杯茶都不止这个钱，今天少你十几块钱过几天来了补给你。

老板也火了，说：看你们这样子也不是小孩子了，一把年纪混成这样还不如找块豆腐撞死算了，今儿个不把钱付清就甭想走。

木头一咬牙把结婚戒指取了下来丢在桌子上，说：够了吧，真他妈虎落平阳被犬欺。

老板却把那戒指往桌子下一甩，拉住了要走的木头：别他妈用地摊货忽悠我，我也是过来人，付钱。

木头气得浑身冒白气，就和老板厮打起来，我心想别把事情闹大了，就把木头拉起来大步跑了。

回到家又接到我爸的电话，他兴奋地说要和我妈一起过来看看未来的儿媳妇，我妈还花了一天时间买衣服、做头发，整天对着镜子臭美。

我心一慌，说：我没时间啊，最近挺忙的。

我爸说：你忙你的，我们已经在车上了，明天中午到，你带着女朋友去接我们就成了。

我的心沉到了谷底，然后还没想出办法的时候我爸就挂了，我无力地倒在沙发里，感觉天花板不停地在旋转，几分钟后我跳了起来，收拾了几件衣服就去了火车站，随机地买了张车票，去了一个从没听说过的小镇。

下车后我把手机卡丢到了垃圾桶，找了个地方住下。小镇的空气很新鲜，充满着自由的味道，路边有小贩在卖早点，两个老伯在下棋，周围聚着几个人围观，几个顽皮的孩子用小石头砸我的脚，我冲他们笑笑。

房东是一个慈眉善目的大妈，对我很客气，她有三个儿子，年纪都跟我相差不大，无奈都没找到女朋友，大妈天天愁得啊，看到一个单身姑娘就想着法儿地托人介绍。她的三个儿子都有明显的乡村非主流特征，染着乱七八糟的头发，成天不务正业，待在网吧或者游戏厅一玩就是一夜，我去了之后玩游戏露了两手，他们觉得我的技术深不可测，殊不知是我找了个外挂，纷纷拜我为师，隔三岔五请我喝酒，那时候我也习惯了借酒消愁，不喝醉睡不着。

有一天，我们一起去了个不错的饭馆，菜都没上来我和那三兄弟就喝完了一箱啤酒，旁边一桌文着龙身狼头的青年看到我们都发怵，那天喝得特别疯，后面还玩起了"一只小蜜蜂啊，飞在花丛中啊"，所有人都喝大了。

中途我去上了个厕所，进去的时候觉得这饭馆真不错，厕所都这么干净，可是空荡荡的总觉得少了点儿什么，我也没多想，就随手拉开一个门嘘嘘，还吹着有节奏的口哨，然后就听到一声惊天地泣鬼神的尖叫，把我吓得差点儿内分泌失调了。

然后我才回过神，少了点儿什么，居然少了尿槽。眼前的姑娘就一副遇到痴汉的样子持续着尖叫，我忍受不了这高分贝的噪声，裤子都没穿好就落荒而逃了。

大家打车回去睡觉，二儿子醉得都认不清人了，大家把他塞在前面，二儿子就哼哼：帮我关上门啊。

我摇摇晃晃地把车门一摔，车门就弹了下，没关上，我说：师傅，你这车门有问题吧？

师傅说：不可能啊，你加点劲儿！

我用力一摔，还是没合拢，二儿子突然叫起来：我操，你夹住我手了。

当时大家就呆了，夹住手五分钟这厮这才反应过来，连忙把他拉下车，就看到他的手以一种不科学的角度弯曲着，我们问：疼吗？

二儿子说：没事儿，这点伤算个屁。

我说：你把手指弯弯，看弯得动不？

结果二儿子费了半天劲儿，硬是没弯动手指，大家冷汗就下了，连忙把他送去医院了，医生一过来呛了下，然后问：谁喝多了，快去洗胃。

我们连忙说：我们没事，这家伙的手伤了。

医生把二儿子的手慢慢抬起来，用一副看外星人的眼神打量了下我们，二儿子还在嘟哝：医生，你拿着一串香肠干吗？

我拍拍他的肩膀：兄弟，这是你的手啊。

进行了包扎治疗后，他们都回去睡觉了，我在医院陪着这哥们儿，中途一个小护士来换输液瓶，这家伙疯了似的抱住人家小姑娘的腿：小花，你别离开我，小花，我知道错了……

护士还是有基本的职业操守的，只是冷冷地把他甩开，要是冲动点儿的姑娘拿起旁边的大头针就扎下去了。

后来这家伙消停了睡过去，我坐在一边怎么也睡不着，那个小护士隔十几分钟就来看看，我走到外面去抽烟，满天的星辰也无法让我的心情明朗点。

医院里变得有点儿安静，我看到值夜班的小护士翻着书在看，我过去逗她：值班还看言情小说呢？

她吓了一跳，红着脸说：关你什么事？

昏暗的灯光下我看清楚了，这个小姑娘虽然脸上有点儿雀斑，却是个很标致的美女。

我说：大家都这么无聊，不如聊聊天吧。

她说：听你的口音，不是这儿的人吧？

我神秘地说：是的，告诉你一个秘密，我来这儿是为了调查一件事。

小姑娘瞪大眼睛问我：你……你是警察？

我做了个“嘘”的手势，说：你小点声，我在查一个毒贩，现在就在你们医院，本来是可以把他抓捕归案的，但是上面说要查出后面的买家，所以我还得接着跟。

小姑娘问：那是不是很危险？

我说：危险是无法避免的，既然选择了走这条路，就不怕承担这些危险，电影里面说得好，能力越大责任越大呗。

小姑娘呆呆地看着我，眼中满是倾慕。

我们聊了几个小时，直到被一声号叫打断，醒来的二儿子恢复了知觉，在床上疼得滚来滚去。

那小姑娘给我留了电话号码，要我有时间就来找她，我犹豫了半天说：看情况吧，我不想把你扯到这件事里，如果你遇到危险了那我要后悔一辈子的。

小姑娘抓住我的手：我不怕，你一定要来找我。

我勉强点点头，心想她的手还真软。

几天后，我借了那三兄弟的电话打给木头，那边吵个不停，好像在砸东西，木头说：你小子行啊，就这么跑到外面去了，你家老爷子问了我好几次你去哪儿了，打你电话也不接。

我岔开话题：你那边怎么那么吵？

木头"嘿嘿"一笑说：房子装修呢，这几天你没开电脑吧，告诉你咱们的好日子又回来啦，股票涨回来啦。

我激动地说：真的假的啊？

木头说：骗你干吗，你自己去网上一查不就清楚了？

我挂了电话跑到网吧一查，真的涨回来了，我心里的石头落了地，买了车票就准备回家，三兄弟对我恋恋不舍，还要请我喝饯行酒，我看了看二儿子的指头，还是摇摇头。

火车未到站的时候我给那小姑娘拨了电话，她甜甜地问：谁啊？

我咳了咳说：是我，我的任务完成了，我要走了。

她说：非得现在走吗，不能留一段时间吗？

我说：上面又给我安排了新的任务，我也很想留下来，我挺喜欢这个小镇的。

她带着哭音说：那好吧，你答应我，有时间一定要回来看我。

我挂掉电话，头也不回地上了火车，年轻的姑娘，心里有个英雄是多么好的事情啊。

回到家时已经是深夜，打开门发现家里被打扫过，衣服被叠得整整齐齐，桌子上有一张纸条：儿子，听木头说你失恋了去外地散心了，没事儿，外面好姑娘多得是，找不到林心如那样的，找个贾玲那样的，妈也喜欢。

我觉得眼睛有点儿涩，打开窗户通风，也不知那小镇上有雀斑的小女孩，现在在想什么。

CHAPTER

04_

小镇故事之卖套李卡

李卡是我们寝室的情圣，虽然是他自封的。在我们第一次开夜谈会的时候，他说他高中时追上了学校的校花，有一次他经过那姑娘上体育课的地方，发现那姑娘正是大姨妈时期，后来回到教室就做了一张那姑娘的生理期表，每逢那姑娘月事来袭的时候就嘘寒问暖，随身准备着万能的热水和红糖，在大姨妈的帮助下成功把那姑娘追到手了……

我们好奇地问：那你们是怎么分手的呢？

李卡含着眼泪慢慢道来，原来李卡和那姑娘谈了两年，只止步于牵牵小手、亲亲小嘴。李卡有一天终于把持不住，在一个月黑风高的晚上把那姑娘拉到小树林就想霸王硬上弓，那姑娘死活不准，说我们现在的主要任务是好好学习天天向上，考上个好大学将来为祖国作贡献。李卡那时候脑子里早把“四化”和思想政治丢到外太空去了，不停地解那姑娘的胸罩带子，那姑娘又推托说：不行不行，这几天我那个来了。

李卡就没脑子地说了一句：胡说，你月经还要六天才来呢，我记得清楚得很。

那姑娘面色潮红地说：你怎么记得这么清楚？

李卡说：当初第一次见到你的时候你正在上体育课，你月事来了，我给你排了张表，可以在你特殊时候照顾你。

姑娘有点儿感动，就自己伸手把衣服里的带子给解开了。

时间停止在那一瞬，李卡说当时他的心都快跳出来了，那是他第一次看姑娘的身体，直接让他气喘得和跑了 5000 米似的。

姑娘羞红了脸，跺脚说：讨厌，你还看……

李卡如梦初醒，就咽了一口口水饿虎扑羊地抱住姑娘啃这里啃那里。

我们追问：然后呢，然后呢？

李卡还流着哈喇子在回忆，被我们打断后有点儿不爽，瞪了我们一眼，说了下去，后来刚准备脱裤子的时候一个保安出现了，以迅雷不及掩耳之势把他们俩给逮住了。

保安大喝：你们在干吗呢？

李卡说：我们跑步累了，坐地上休息下。

保安愣了愣，一脚踹了过去：你先把裤子穿好……

后来李卡和那姑娘就在国旗下念了检讨，保证再也不出现作风问题，那姑娘脸皮薄，转了校。李卡留在学校，化邪念为动力，奋力苦读，考上了现在这个学校。

考上大学后李卡找过那姑娘，那姑娘一见他扭头就走，李卡就走过去把她拉住，说：当初是我的错，但是现在我们可以光明正大地在一起了。

那姑娘就说：你没错，我也没错，是年轻的错。

李卡说：你别再这么徐志摩了，你考上了哪个学校？

那姑娘说：我没考上，我要复读去了。

李卡说：我在大学等你，你要加油，好好复习。

那姑娘说：你不用等我了，估计你那个时候都能很熟练地解开姑娘的带子了，我们还是不要联系了。

李卡看着那姑娘的脸一阵激动，冲过去抱住了她，这时候旁边出来一个大汉一巴掌把李卡打倒，然后大喝：就是你这个杂种害了我闺女，老子今天要捶死你个瓜娃子！

说完就是一阵急风暴雨的狂揍。

那姑娘连忙把她爹拉住了，李卡连忙撒丫子跑了。

那天晚上李卡跑到大街上狂饮十瓶啤酒，还在大街上作了一首诗，全文为：爱情啊，是个屁，爱情啊，屁都不如。

这是他的口述，但是我们一致认为是李卡跑到某个烧烤摊喝了几杯啤酒，然后说了些酒话而已，李卡的初恋就这么夭折了。

虽然自称情圣，但是李卡大学都没有谈恋爱，整天背着吉他装愤青，没事就去天台嚎两嗓子，弄得大家都以为周围有狼出没，姑娘都不敢晚上出门了。他的网名叫“卖套李卡”，取自他最喜欢的摇滚乐队，结果很多哥们儿都以为他真的卖套，出去开房前都问问他：哥们儿，有货没？

找工作那会儿李卡回家玩了几个月，回来拿毕业证的时候大家都被他吓了一跳，他把长发剪成了寸头，穿着西装裤，在我们印象里他好像一直是穿着破牛仔裤的。

而且整个人都闷闷不乐，这种改变让我们觉得他找到工作了，离校那几天我们天天在夜市摊上喝酒，李卡连喝三瓶啤酒后告诉了我们答案：他失恋了。

由于在家闲得无聊，李卡跑到他家附近的火车站去卖唱，前面放个盒子，自顾自地唱着。

生意有好有坏，有时候一天能赚个一百多块，有时候五块钱都赚不到，倒是有时候有慈眉善目的老大妈会丢一毛钱的硬币到盒子里，然后惋惜地说：这么好一个小伙子，学了艺术。

李卡这时候就会把那一毛钱硬币找出来还给大妈，然后礼貌地说：您留着买葱用吧！

那一天，来了个竞争对手，是个姑娘，打着鼻钉，一身的摇滚范儿，身材还好，有时候唱高兴了还用旁边的音响放首 RAP 自己跳跳舞。

那姑娘一来，李卡的 GDP 直接被拉低了百分之九十，李卡觉得这样不行啊，就跟那姑娘说：姐们儿，你这样是抢生意啊，不地道啊。

那姑娘瞅了李卡一眼，问：刚刚听你弹得还可以，也是搞摇滚的？

李卡不好意思地摸摸脑袋说：哪里哪里，我是被摇滚搞的。

那姑娘就说：那成吧，明天咱们一起摆摊，赚的平分。

李卡欣喜若狂地点点头！

第二天效果奇佳，总共赚了五百来块，两人非常高兴，出去吃了个饭，那姑娘叫方雅，是当地艺术学院的。

方雅倒是很大方，体现在吃饭的时候不停地用高跟鞋蹭李卡的大腿，弄得李卡晚饭都没吃饱。

吃完饭后李卡背着吉他要回去，方雅嗤了一声，说：这就回去啊？

李卡说：不然呢？

方雅用自己傲人的胸部磨蹭着李卡的手臂说：我一个人住，

住的蛮偏的，你不送我回家啊，你一个大男人这么没有绅士风度啊？

李卡眼睛一亮，说：好，我现在就送你。

那姑娘自己租的一个房子，面积只有三四十平的样子，李卡进去后说：我坐哪儿啊？

方雅指指床，说：坐那儿吧，我没洁癖。

说完就把自己的 T 恤脱了，露出粉红色的内衣。

这时候，李卡听到自己喉头鼓动的声音。

方雅不好意思地说：这破地方，太热了，空调都没有。

李卡擦擦脸上的汗说：是、是，是够热的。

方雅说：你先坐会儿，我去洗个澡。

李卡木讷地点点头，眼睛始终没离开过 D 罩杯。

接着就是流水哗哗的声音，李卡觉得自己仿佛处在一个蒸笼里面，感觉自己的头上在冒白气，仿佛下一刻就打通任督二脉了。

不一会儿方雅出来了，问：你洗不洗澡？

李卡说：嗯，呃……

方雅笑了笑，说：洗不洗你倒是说话啊？

说完又往前走了一步，李卡那时候一副脑瘫儿童的模样，完全说不出话，谁对着一个刚从浴室出来的一丝不挂的美女还能长篇大论？那时候李卡用平常打断我们晚上交流思想的口头禅说道：别说了，睡吧……

事情做到一半的时候方雅突然爬到床下，打开了那个破旧的电风扇，然后说：妈的，差点儿中暑。

事情做完后方雅昏昏睡去，李卡却想起了自己的初恋，不是滋味。

确定关系后李卡和方雅配合得更默契了，往往弹到一半还要亲个小嘴儿，让周围的人啧啧地感慨。

两人一个干柴一个烈火，房事自然很频繁。有一次李卡把方雅带回了自己家，那时候李卡的妈妈正和几个牌友在客房打麻将，都没注意李卡回来了，两个人轻手轻脚地跑回了自己房间。

到房间后李卡胆子小，就跟方雅说：今儿就甭做了吧。

方雅眨眨眼睛说：做！挺刺激。

李卡有点儿尴尬地说：还是别了吧，我觉得这样……哎，你别脱我裤子啊，别捏啊，啊……

到一半的时候方雅又大声哼哼，李卡怕她太大声，就把一旁的内裤塞到她嘴巴里。

方雅脸红脖子粗，挣扎了半天一手把内裤扯掉，反手就是一巴掌，大骂：你想憋死我啊？

声音一大，李卡妈妈闻风而来把门一开，几个牌友就看到了她们这辈子没用过的姿势，纷纷称奇。

李卡的老妈气得差点儿住院，那段时间一看到李卡就去厨房拿水果刀要捅死这个孽子，吓得李卡家都不敢回。

这时候三条打断了李卡的叙述，诚心问：哪种姿势啊？

李卡用死鱼眼看了看三条，说：干吗告诉你？

好在李卡和方雅每天收入也不少，能够自力更生，就在方雅那里安居了。

两个人每天都一起在车站卖唱，晚上一起喝酒，高兴了就一起上床，过着神仙一样的日子。

直到那天，一个戴墨镜的中年男人路过的时候停下来了，绕着他们的摊儿转了一圈，摘下墨镜不停地打量着方雅，问：你多大了？

方雅以为是一个怪大叔，就敷衍着说：有事儿吗？我们要收摊了。

李卡就在旁边亮了亮自己的肱二头肌，就像《动物世界》里面的公狮子抢母狮子亮出自己的尖锐牙齿一样。

大叔不怒反笑，丢了两百块钱到地上的盒子里，还甩了一张名片。

方雅捡起来一看小脸涨得通红，那大叔是某知名传媒公司的总经理，有实力的一主儿。

李卡把东西收拾好和方雅一起吃晚饭，方雅就一直心神不宁，本来晚上要喝两瓶酒的那天就喝了半杯白开水。

晚上上床的时候方雅突然问：你觉得我有没有当明星的潜质啊？

李卡一边喘气一边说：电视里那些明星哪有你好看啊。

方雅嫣然一笑，把李卡的腰夹紧。

结果没过几天，方雅要李卡回了自己家，说她一个老乡没地方住，要来投靠她。李卡心想出门靠朋友，就回了自己家。

第二天，李卡背上吉他去了火车站，方雅却迟迟没来，李卡给她打电话也是关机，李卡就跑到她宿舍去找，结果还没敲门就看到那个大叔半裸着身子出来了，还一脸奸笑着向屋里说：没问题，包在我身上。

李卡当时就愣住了，脑子乱成一团麻，等他回过神的时候，大叔已经开着宝马扬长而去了。

李卡就怒气冲冲地踹开门，就看见方雅吓一跳，正在穿裤子，床上一片狼藉。

在那一刻，李卡觉得自己的智商和尊严都被严重地侮辱了。

李卡怒气冲冲地把一个杯子砸在地上，瞪着方雅。

方雅有点儿慌乱，但马上就镇定下来，她穿好衣服说：那胖子说这个月要我去公司，为我筹备单曲。

李卡咬着牙齿说：你就是个混蛋！

李卡看着那张床，那张他和方雅日日夜夜温存的床现在还有别的男人的体臭，就后悔刚刚没给那孙子一板儿砖。

方雅叹了一口气，拿出一包烟点了一根塞在李卡嘴巴里，说：我能有什么办法，我爸妈都是普通工人，我家现在住的都是 90 年代分下来的平房，我读书也不好，我能用什么方法改变命运？我只有靠自己，我不想再过那种苦日子了，你说我是一只鸡那我就是一只鸡，但是我是有梦想的一只鸡，是想要当凤凰的一只鸡。

李卡又一脚把桌子踹翻，说：那也还是一只鸡！

方雅说：随便你怎么说吧，我知道你对我挺好的，其实你是我从小到大遇到的最好的人。真的，你不像那些小混混，玩完了就走人；也不像那些傻大款，只看着身体，你是个好人。

李卡朝地上呸了一口，说：别跟我说这个。

方雅开始脱衣服，说：我也不知道该怎么报答你，这样吧，你狠狠地上我吧，过了今天，你就忘了我这个贱人吧。

方雅脱完后躺在床上闭上眼睛，等了半天发现没动静，睁开眼睛时发现李卡已经走了。

唯一留下的，就是桌子边的那把吉他，李卡玩了六年的吉他。

李卡把一杯酒一口吞下，说：走出房间的那一刻我就决定了，以后再也不玩摇滚了。

大家都不说话，只剩下碰杯的声音。

那天是河灯节，市区非常热闹，灯火辉煌，我们坐在河边的小摊上喝了一轮又一轮，仿佛要用酒精，冲尽爱情带来的创伤。

CHAPTER
05_

从未见识到的风景

高二分班第二天，我就和良子打了一架。

原因已经忘记了，大概是互相都看不爽，于是生死看淡，不服就干。

打完后教室里的桌椅倒了一大片，姑娘们纷纷骂我们：你们真讨厌，我的书全被你们踩烂了。

老师把我们叫去办公室，批评教育一番，让我们互相道个歉、握个手，我的耳边响起那句经典民谣：敬个礼，握握手，你是我的好朋友，伊尔哟。

于是我露出温柔的笑容伸出手：对不起。

良子也用和善的面容回应我：我今天也有不对的地方。

老师满意地点点头，完全不知我们手上都加了全身的力气。

晚自习后回到寝室我们又打了一架，这一战酣畅淋漓，我破了相，他也掉了牙，如果有个摄像师把那一幕拍下来，绝对可以成为讲解暴力美学的案例。

我和良子就是这么打熟的，一来二往后才发现对方和自己是一个脾气的人，所谓同性相斥果然很有道理。

大家谁也没有料到良子会成为我最好的哥们儿，当时我们一起去夜袭女生寝室，恰逢《越狱》热播，我们把路线画在了一个胖子的肚子上，历经千辛万苦翻到女生阳台，谁知道有个姑娘出来上厕所看到几个男人趴在自己阳台上，拿起撑衣杆边尖叫边像打地鼠一样把我们打得到处乱窜，那个胖子带着地图从上面摔下去，我们全部惊呆了。

我们轮流在国旗下面做检讨：以后我们再也不晚上偷袭女生寝室了。

我们的潜台词是：以后去还是得白天去。

放假的时候我们经常在街尾的网吧玩通宵，又没多少钱，往往一包烟抽到半夜就没了，到最后一根烟的时候就是他抽几口然后我抽几口。

早上出网吧的时候就浑身翻口袋找钢镚儿，找到几个了就拿去买几个包子，吃完了散伙。

往往我会感慨一句：不悔梦归处，只恨太匆匆。

良子就用一副吃了屎的表情看着我：丫真恶心。

再后来良子喜欢上了一个艺术班的姑娘，那姑娘特别作，而且私生活特别乱，但是良子就是喜欢，经常在校外被别人堵住，我就跟着他挨了不少拳头。

我说：你就收手吧，学习的时候怎么没看你这么身残志坚呢。

良子不说话，爬起来抽根烟。

是福不是祸，是祸躲不过，放月假我无辜地又被堵在了街尾，一个胖子问：平时跟你在一起的那小子呢？

我看到他们都拿着钢棍儿和铁条，我说：不知道。

我从那胖子的墨镜中看到我的脸有点儿苍白，他笑着说：哟，还挺讲义气。

说完甩手给了我一巴掌，当时感觉我的脑袋有一群苍蝇在飞，我想还手，但是手被另外两个人反扭住了。

然后几个人围过来踹我肚子，我感觉我的身体在坐过山车，一会儿脑袋甩了过去，一会儿胳膊被弹了过来。

而我感觉一点都不疼，只是感觉有点儿冷。

良子就在旁边的网吧里上网，但是，他却没有出现。

不幸中的大幸，还好我机智地护住了脸，我英俊的相貌才得以保存。

回学校后良子耻笑我战斗力颇低，敏捷度也太弱，打不过就跑啊。

我气急反笑：你他妈倒是挺会跑的。

他有点儿茫然，一副不知所云的样子，我懒得理他，两个人各玩各的，关系慢慢变淡了。

直到有一天在厕所，说句题外话，我们学校的男生一般是不在厕所上大号的，因为经常脱了裤子正准备一泻千里的时候就听到一句咆哮“你再装”，面前的厕所门就轰的一声，然后就一鼻子灰，屎也被吓回去了。

当时我就是遇到这样的情况，然后怒不可遏地提上裤子打开门，大吼：干吗呢？

结果发现良子和一个寸头扭打在一起，我下意识地就一脚踹在那寸头背上，留下一个显眼的脚印，良子看了我一眼，然后说了句：你裤门还开着呢。

然后反身就把寸头压住一顿暴打。

我们又一起出去喝酒，喝得差不多时我才问起他那天干吗去了，他才说那天刚去网吧就被他爹揪回去了，我挨打那会儿他也在挨打，被打得不比我轻。

我心中释然了，然后一摇手：老板，再来两瓶二锅头。

回去的时候我思绪万千，感慨了一句：友情究竟是精神鸦片，还是世纪末的无聊消遣？

良子就用一副要吐的样子看着我：丫真恶心。

高考后我们分道扬镳，我学的专业是数学，他学的是计算机；而现在我的职业是编辑，他的职业是油田勘测。

每当想起这些，我们就会同时感慨：中国的教育真牛。

毕业以后他经家里关系调到了克拉玛依油田，经常跟我描述“大漠孤烟直，长河落日圆”，说新疆妹子比武汉的豪爽多了，我问：你是在戈壁上吗？

他说：是啊，这儿到处是戈壁。

我问：你是在哪个戈壁？

他说：马勒戈壁！

他说那儿上午九点才天亮，晚上九点才天黑，我估计是真的，因为他经常十点钟给我打电话：你吃晚饭没？

他已经好几年没回武汉了，用他的话说回来一趟比取经还难，先要开车到周围县城，然后坐汽车去市里，再坐火车才能回来，所以他说了不混个人样绝不回来。

我说：是的，我就想看看你的工人样。

每次看到他空间里那些下油田的照片时，我就建立了人生三大原则：不和丈母娘打麻将，不和想法太多的姑娘上床，工作再难也不去新疆挖油。

我结婚那会儿通知他，说：我就是和你说一声，你回不来也别勉强。

他说：你真牛 ×，结婚前一个星期才通知亲友，做事太不靠谱了，真佩服你媳妇儿的勇气。

结果那天他还是赶到了，我去火车站接他，硬是没认出他来，整个人黑了一圈，长结实了不少，我想再和他搏斗应该抵不住一回合。

他非常累，浑身都是汗味儿，带他去酒店洗了个澡，他说：作为你最好的朋友，我有必要给你一个人生忠告。

我心里一慌，以为前段时间勾搭小姑娘的事儿败露了，谁知道他点完烟非常诚恳地说：一辈子都不要去买站票坐火车。

那天我喝得特别多，差点儿当场失态，好在良子帮我挡着，有人给我敬酒他把我拦在后面说：给新郎留点体力，冲我来。

那天我们在厕所吐得乱七八糟，我漱完口说：你还记得高中那姑娘吗？

他洗洗脸说：她怎么了？

我说：我给你看看她现在的照片。

然后把手机杵他面前，他看了一眼，又哇哇地吐了起来。

三天后我送他上火车，在他包里塞了点吃的和一条烟，他把我一推，要我早点回去。

我站在那儿思绪万千，感慨了一句：青春是手牵手坐上了都不回头的火车。

良子用一副吞了痰的样子看着我，说：丫真恶心！

[THE DESTINATION]

终点▼遇见你真好

我从幼年开始，就特别讨厌动笔写字。父亲觉得一个男人应该写得一手好字，给我买了一大摞字帖，强迫我每天练完多少页才能出去玩。为了保证玩耍的时间，我练成一种左右手同时写字的绝技，可以媲美老顽童周伯通的左右互搏，这给我留下了不小的童年阴影，所以后来只要不是非写不可，我就拒绝提笔。

小学四年级写作文，要记一件感人的事，这种命题作文一年会出现五六次，让我觉得“感人”是个很随意的词。那会儿我觉得最感人的事就是老妈打牌赢钱了随手赏我五块钱，可以买很多干脆面集齐武将卡。我诚实地写上去后被批不及格，而其他人写的扶老奶奶过马路、捡了钱冲上去追了几千米还给失主却成了优秀作文。

在班上有一位人才，写的作文每次都被老师当作示范作文来念。那次他写的感人的事是他爸爸死得早，有一次大雪天他发烧了他妈妈背着他走了漫长的一段路，送他去医院后把他救了回来，妈妈却不幸累倒了。

文笔流畅，情感真挚，主题向上，就成了满分作文。

不料那天下午他爸爸来到学校，发现此事后大怒，回去把他狠狠地抽了一顿，一边打还一边骂：你个小王八蛋，想着老子死是吧？老子就是哪天死了，也要把你狠狠打一顿再死。

第二天，他爸爸喝醉了酒被车撞死，实现了自己的诺言。

而这哥们儿，再也写不出让他感动的事了，反而写记一件让人快乐的事，往往能拿高分。因为他爸死后他妈嫁了个有钱人，他有了钱去玩各种游戏机。

我初中的时候熟读四大名著，偷看了老爸房里的金庸全集，有事没事就去小镇上的书店去借书，因为大部分是盗版书，借一天才一毛钱。忘记什么时候看了本黄易的书，搞得我一个星期都没睡好觉，荷尔蒙在身体里冲来冲去，我一度以为自己会真气逆流而死，也一直认为黄易之所以叫黄易是因为他的书太黄了，很多年后才知道那本书根本不是黄易写的，而是一个写黄色小说的二流作家冒的名。

因为我学习还不错性格也挺好玩的，就有几个姑娘喜欢我。当时流行写情书，所以经常是我在椅子上吃苹果时就有一个脸红得像苹果似的小姑娘跑过来。我以为她要抢我吃的，连忙把剩下的苹果全含在嘴里，谁知道她只是把一封信塞到我手里，然后用尿急抢厕所的速度跑开。

打开信封看到信纸上写得乱七八糟的文字，画着圈圈爱心，而且还有很多错别字，旁边哥们儿都拍拍我的肩膀说我有一套，我觉得他们在反讽我，于是找到了那个姑娘，把信还给了她。

她满含期待地看着我，我说：你这篇情书写得太差了，错别字一大堆，你有没有好好学习啊？

然后她就恼火地瞪了我一眼，大步跑开。

当时学校有校刊，专门刊登学生的优秀文章，而只要我写，往往就会成为校刊的热门文章。我之所以愿意写，是因为在上面发表了东西就可以不用花钱买校刊。校刊是强制性订的，一学期也有大几十块钱呢，省下来的钱我可以买各种自己想要的东西。

我爸总是喜欢拿我发表的文章给旁边邻居炫耀，让我觉得挺羞耻的，因为上面的文字全是一些虚情假意的东西，跟我的真实想法差着十万八千里，我爸的那种行为就好像把我小时候的尿布片公开展示一样。我一怒之下，就把它们堆在一起全烧了，一不小心还把隔壁李大婶的猫的毛全给烧光了，为此又挨了一顿打。

高中时候，总是写一些琼瑶类型的文章，那时候我已经开始听摇滚了，再加上自己很穷，所以起了个笔名叫“穷摇”，自以为写的东西很感人，在大家都在埋头做题的时候，我总是在自己的本子上写句子。

半个学期下来，我写了一本现在不忍直视的短篇小说，基本情节是男主喜欢高中邻班的一个姑娘，费劲心思千方百计追到手，后来意外地得知是自己的远房表妹，瞬间三观毁灭、人生崩塌了。Anyway，当时不经人事的自己只能构思出这样的东西了。一直在投稿，却从未有回信。

一天下午踢完球回教室，语文课代表要我交周记，我随手从杂乱的桌子上抽出一个本子交给她。要命的是，追求单调生活的我买本子都是一样的，所以成功地把这本带乱伦性质的小说送到了我语文老师手中。

在我回寝室洗澡的时候，肥皂脱手滑出，而我那个思想古板的语文老师正颤颤巍巍地拿着我的本子拜读，画面太美我至今不敢想。

第二天语文老师面色铁青地走上讲台，然后点了我的名字，问：你觉得你这星期的周记写得怎么样？

当时我丝毫没有察觉出自己拿错了本子，还一本正经地说：我写得不大好，但是抒发了我的真情实感，我一直都想过那样的生活。

语文老师差点儿一口气抽不上来，他说：那好，你上来把你的周记读给大家听一下。

于是我就像电视剧的男主一样，迈着最时尚的步伐走到讲台，然后漫不经心地接过本子，打开一看，瞬间傻了。

老师催我：你读啊，读给大家欣赏一下。

我抹了抹头上的冷汗，说：老师，我最近感冒了，嗓子疼得厉害。

老师露出了一丝不易察觉的笑，说：那好，我点个同学上来读一下。

然后点了一个胖子，当时我觉得我的人生完蛋了，那胖子曾经参加过朗诵比赛，可以把海子的诗读得跟日本女优发声似的，胖子于是用那销魂的声音让我的个性小说响彻整个教室，其中包括：

“米淇，你为什么不爱我？啊，你要知道，在我吃饭的时候，我看着那骨头，啊，就会想起你的脸。”

“林逸，你不能再这样了！啊，你别抱着我，我会，我会不舒服的……”

“你为什么是我妹妹，为什么会是我妹妹？我还想着和你每天一起睡觉，每天睁眼看到的就是你的脸呢……”

全班人彻底笑岔气，男生们趴着捶桌子，姑娘们捂着腰喘不过气，当时如果给我一把刀，我会用最凶残的方式了结自己。

那天我一战成名，此后在学校就经常有人在背后指我：就是那个傻 ×，写黄色小说那个。

接着就是身后一阵哄笑。

我抑郁不得志，觉得上学好辛苦，萌生了回家养猪的念头。

好在当时有个哥们儿出来救了我一命，他更夸张，写了篇史诗级的黄色小说，包含了各种乱伦情节，而且非常不怕死地把我们正处于更年期的英语老师也写在了里面。当这本小说被发现的时候，全校都轰动了，所有学生想尽一切办法想看完这本“巨著”，无奈都只能看到残本，躲在厕所里面看得面红耳赤、呼吸急促。

那哥们儿在国旗下面念检讨，被教导主任痛批了几十分钟，后来迫于压力转学了。

转学前一晚，他对我说：这学校的人都不懂文学，只有你算半个懂文学的。

我很谢谢他瞧得起我，但是我至今也不大懂他的那种文学。

一个月后我收到了一笔稿费，是一个少女杂志寄给我的，说我的那篇小说很合他们的风格，希望我成为他们的入驻写手。

而令我万万没想到的是，我那篇小说是那季度最热的小说，又补发了我一些稿费。

我拿到那笔钱回到学校的时候，教室里的人还是用那种看异类的眼光看着我，但是我抬头挺胸，大步迈进教室。

一万个人不看好你，所有人都看你笑话，但是你还是会满怀激情和斗志地走下去，所谓梦想，大概就是这样一个东西！

在以后的岁月里，我遇到了有趣的朋友，遇到了漂亮的风景，遇到了可爱的女孩，我总是迫不及待地用文字记录下来。他们就像瑰丽的碎片，拼凑出我多彩的人生。他们也许也出现在你的世界里，和你们擦肩而过。当列车缓缓停在终点站，当所有的故事打上句点，我只想对看完这些文字的你说一句：谢谢，遇见你真好。